Atypiques

Corinne Falbet-Desmoulin

Atypiques

Recueil de nouvelles

© **2018** Corinne Falbet-Desmoulin

Illustration de couverture : Atelier Sommerland

Éditeur : BoD-Books on Demand,12/14 rond point des Champs Élysées, 75008 Paris, France- Impression : BoD-Books on Demand, Norderstedt, Allemagne
IBSN : 978-2-322-08337-4

Dépôt légal : mars 2018

Passionnée d'écriture, de lecture et de piano, Corinne Falbet-Desmoulin habite à Léognan, une petite ville au milieu des vignes près de Bordeaux. Elle écrit depuis l'enfance (recueil de poèmes, chansons intimistes, album pour enfants, nouvelles, roman).

En 2015, elle décide de participer à des concours de nouvelles. Très vite, ses textes remportent des prix et distinctions littéraires, qui l'encouragent à continuer.

Trois recueils voient alors le jour : *Singulières* édité en 2016, *Insolites* en 2017 et *Atypiques* en 2018.

Quatre nouvelles faisant partie de *Singulières* ont été particulièrement remarquées : *Le fantasme de Lucile*, ayant obtenu le « Prix Gérard de Nerval de la Nouvelle 2016 » (d'une valeur de mille euros), organisé au Touquet par les Éditions Arthémuse. *La couleur noire de l'amour,* qui a reçu un prix littéraire de La Lampe de Chevet Éditions. *Eva*, primée par l'Association de Poésie Contemporaine Française. Enfin, *L'amoureuse*, publiée par l'éditeur Jacques Flament, dans son anthologie sur la folie.

Dans *Insolites*, six nouvelles sont également à citer : *Chloé*, choisie parmi près de 250 textes, qui a remporté le « Prix Écriture d'Azur 2015 ». *Tu m'as apporté le monde,* ayant obtenu le Premier Prix du concours Clair de plume 2017, dans le cadre du festival du livre de Sète « Les Automn'halles ». *Évasion,* qui a reçu un deuxième prix à Aubagne, au concours 2015 de Provence poésie. *L'apparence*, qui s'est vu décerner également un deuxième prix dans la revue de poésie Florilège. Enfin, les récits *Le tunnel* et *Voyage* ayant été édités par Jacques Flament Éditions.

Dans Atypiques, *Une semaine sans Allan* a été finaliste du Prix des Beffrois et *L'ami d'Edgar* a reçu les félicitations du jury des Appaméennes du livre.

À mon frère, amoureux de la Nature et gardien des vieilles forêts,

À Marie-Laurence, mon amie de toujours,

L'AMOUR D'UN FILS

Ambre marche le long de la plage, les pieds nus dans l'eau tiède, là où les petits friselis d'écume chatouillent ses chevilles un peu épaisses. Tous les jours, elle vient rêver à cet endroit. Sur SA plage. Celle qu'elle a toujours connue, puisqu'elle est née dans l'une des petites maisons de pêcheurs qui se profilent un peu plus loin, derrière les rochers. Celle aux murs verts, de la même teinte que les fruits à pain quand ils sont bien mûrs. Elle y a toujours vu vivre ses parents et y habite maintenant avec son fils José.

Du rivage, elle aperçoit le grand rocher autour duquel apparaissent si souvent des chevelures mouillées de touristes, ainsi que le haut de leurs tubas. Ici se trouve le plus beau spot de *snorkeling* de l'île. Ambre ne parle pas anglais, mais elle voit parfois ce mot à la mode sur les prospectus destinés aux touristes. L'un d'eux lui a expliqué ce que cela signifie : une paire de palmes, un masque et un tuba suffisent pour découvrir l'univers sous-marin.

Ici, c'est un lieu magique. Multiples poissons colorés de toutes tailles, gorgones souples ondulant dans les courants, coraux aux formes étranges et parfois avec un peu de chance, majestueuses tortues de mer. Les animaux ne sont pas farouches, ils vivent tranquillement leur vie, sous les yeux ébahis des baigneurs. Fouillant les anfractuosités à la recherche de leur nourriture, se poursuivant, venant tout près observer ces nouveaux arrivants qui ne leur font pas de mal. Seul le haut du rocher affleure et lorsqu'on l'aperçoit depuis le rivage, on ne peut imaginer sa dimension gigantesque.

Ambre en connaît par cœur les reliefs cachés. Il faut dire qu'elle les a admirés tant de fois lorsqu'elle était plus jeune… Pour elle, nul besoin de tuba, elle pratiquait la plongée en apnée. À force d'entraînement, elle pouvait même rester de longues minutes sous l'eau. Elle se revoit très bien, triomphante lorsqu'elle émergeait enfin, consciente d'avoir vécu un moment hors du temps au milieu du décor inviolé et de la faune sauvage. Sous l'eau, elle a fait tellement de rencontres insolites. Ces vacanciers ont beau se montrer bien plus savants qu'elle, Ambre rit tout bas, sachant qu'ils ne connaîtront pas certains privilèges rares. Celui par exemple, de caresser les poissons, leurs corps fuyants, leurs écailles multicolores. De débusquer des langoustes endormies dans leurs cavités secrètes. Ou encore de nager au milieu d'un banc de petits requins des sables. Elle rit à nouveau, en imaginant la panique des voyageurs, alors que ces animaux sont en réalité totalement inoffensifs.

La Martiniquaise dénoue son foulard usé en madras, secoue dans le vent ses longs cheveux sombres parsemés de fils d'argent, comme pour chasser ses souvenirs. C'est bien loin tout ça, maintenant elle a plus de soixante-dix ans. Elle reste un long moment debout, respirant l'air iodé à pleines bouffées, avant de s'asseoir lourdement à même le sable blanc.

Silhouette mince à quelques mètres de là, assis sur une grosse pierre au bord de l'eau, José vide les balaous avec la pointe de son couteau. C'est la période de ces petits poissons savoureux, qu'il remonte chaque jour dans les filets, avec les autres marins pêcheurs. Voyant son fils travailler sereinement, la vieille femme sourit. Tout à l'heure, elle fera frire les balaous, après les avoir assaisonnés avec une poignée de petits oignons marinés. Accompagnés par des christophines bouillies, ils constitueront un très bon dîner.

Ambre a eu une vie simple, comme toutes

les familles de pêcheurs ici. Quoique, à y bien réfléchir… Malgré elle, malgré son désir de rester un moment les yeux fermés, le visage tendu vers le soleil, sans penser à rien, les images d'autrefois viennent l'assaillir. Il faut dire qu'il est beau son José, tout éclaboussé de lumière et qu'il ne ressemble pas tout à fait aux autres hommes de l'île. Des yeux en fentes claires lorsqu'il sourit, une chevelure aux tons chauds entre blond et roux, une peau plus dorée que sombre. C'est le portrait tout craché de son père. Ce Parisien, rencontré à l'âge de dix-huit ans, un après-midi au bord de l'eau. Il n'était pas plus vieux qu'elle, mais il l'a tout de suite éblouie. Grand, svelte, avec un sourire charmeur. Et surtout plein de curiosité et d'attentions pour la petite sauvageonne qu'elle était alors. Il lui a parlé de coup de foudre et un peu plus tard de mariage. Elle était tellement amoureuse, elle l'a cru sincère, s'est donnée à lui. Ils ont vécu trois semaines d'amour fou.

Avant de partir, il a glissé dans sa main une photo de lui. Il avait inscrit au dos son adresse à Paris et un grand cœur avec leurs deux prénoms à l'intérieur. Ambre et Olivier.

– Je reviendrai te chercher, a-t-il promis en l'embrassant.

Ambre a gardé précieusement la photo, même si elle n'a jamais revu le jeune homme.

Non, il n'est pas revenu, mais il lui a laissé le plus beau cadeau qui soit. Son José. Son enfant. Qui, lui, ne l'a jamais quittée. C'est un peu le monde à l'envers, elle le sait, mais c'est comme ça.

Pourtant, on ne peut pas dire qu'elle ait eu une existence malheureuse. Elle a très vite épousé Manuel, qui l'attendait depuis des années. Il l'a prise en toute connaissance de cause, elle et le bébé qui grandissait sans bruit dans le secret de son ventre.

– C'est un drôle de petit quand-même, a dit Manuel quand il est né.

– Ses frères seront différents, a répondu sa femme en lui souriant.

Ils n'en ont plus reparlé. Mais malgré tous leurs efforts, ils n'ont pas réussi à avoir un seul enfant ensemble. Un gentil mari, Manuel. Aimant, bienveillant. Même si avec lui, elle n'a jamais retrouvé la passion vertigineuse qu'elle avait ressentie pour Olivier et qu'elle n'a pu oublier.

Ambre adore son fils, qui le lui rend bien. Cependant, une question la turlupine, qui reste sans réponse : pourquoi durant toutes ces années, José n'a t-il jamais amené de femme à la maison ? Elle sait bien qu'il n'est pas homosexuel, elle a souvent vu les regards qu'il jette à certaines filles sur la plage. Plusieurs fois elle a osé lui en parler, l'assurant qu'elle n'y voyait aucun inconvénient, lui laissant même entendre qu'elle serait bien heureuse d'accueillir une jeune femme sous son toit. Mais José élude toujours, avant de changer de sujet.

Le Martiniquais termine méticuleusement de nettoyer les poissons. Il entend le bruit du vent dans les feuilles des cocotiers qui bordent le rivage. Les stridulations, grésillements, chants entremêlés de milliers de grillons, criquets, sauterelles, grenouilles, rainettes et crapauds annonceront bientôt la nuit tropicale. Ici, la Nature est généreuse. Authentique. Omniprésente.

De temps en temps, José jette un œil vers sa mère, assise sur le sable fin, qu'elle attrape machinalement et laisse filer entre ses doigts. Une bouffée de tendresse l'envahit à chaque fois. Pourtant, depuis bien longtemps, il n'est plus le petit garçon qui s'accrochait à sa robe colorée. Mais il a gardé pour elle un amour intact.

Derrière ses cils clairs, mine de rien, son regard balaie la plage, s'arrêtant en connaisseur sur quelques silhouettes de femmes bronzant sur leurs serviettes. Pas celles qu'il connaît et côtoie chaque jour sur l'île, non, de belles touristes. Toujours. Seules ou accompagnées, qu'importe. L'essentiel est qu'elles veuillent bien. Et c'est souvent le cas. José sait qu'il plaît, avec son corps musclé, sculpté par le travail en mer et les contrastes saisissants qu'offre son métissage. Il ne se demande plus pourquoi ce sont uniquement les femmes d'ailleurs qui l'attirent. Il l'a compris depuis longtemps. D'abord, son origine. Ce géniteur qu'il n'a pas connu, même s'il l'a rencontré une fois, une seule, ce salaud qui a séduit sa mère après lui avoir promis monts et merveilles, puis l'a lâchement abandonnée en retournant tranquillement en Métropole. Sans le savoir, cet homme lui a transmis le goût des terres lointaines, que l'îlien a chaque fois la sensation de conquérir, en caressant les cheveux blonds, roux ou châtains des jeunes femmes. En se perdant dans leurs yeux mystérieux, en humant les parfums discrets des peaux claires et satinées. Et puis l'autre raison, celle que pour son dixième anniversaire, il a touché du doigt. Le jour où son destin a basculé.

Il s'y revoit comme si c'était hier. Ce matin-là, il s'est levé tôt, excité par le fabuleux cadeau que lui offrait son père : pouvoir l'accompagner pour la première fois en haute mer, avec d'autres hommes du village. Manuel lui avait déjà appris la pêche à la nasse le long des côtes. L'enfant savait la lester de pierres et l'appâter avec la chair de noix de coco. Puis il accompagnait son père dans sa yole, embarcation typique et légère de l'île. Ils allaient immerger la nasse à dix mètres de profondeur. Quatre semaines après, ils la remontaient et José s'émerveillait de voir les nombreux poissons frétillants, les tourteaux et les langoustes prises dans les mailles serrées. Mais ce jour-là était différent, l'enfant allait découvrir la pêche traditionnelle créole en eaux profondes, que les hommes nomment « la pêche à Miquelon ».

Une fois au port, Manuel s'est rendu compte que, tout à la joie d'amener son fils, il avait oublié le panier du repas sur la table de la cuisine. Il a donc demandé au garçon de retourner en courant le chercher. En entrant, José a entendu un bruit étrange provenant de la chambre de ses parents. Intrigué, il a poussé doucement la porte. C'est là qu'il l'a vue. Assise sur le lit, une photo à la main, Ambre sanglotait. Les pleurs secouaient en cadence les rondeurs de son corps. Comme un voleur, l'enfant est reparti sans bruit, mais le cœur pétrifié. Pour la première fois, il voyait couler les larmes de sa mère.

Heureusement, il n'y a plus pensé pendant le reste de la journée, vivant intensément cette première pêche collective. Ébahi de ne plus apercevoir les côtes. Enivré par l'air du large.

Fasciné par l'incroyable force des hommes, qui remontaient les énormes poissons à bout de bras. Et en fin de journée, ce n'étaient pas des petites prises, mais des thons, marlins et espadons qui s'entassaient sur le pont du bateau à moteur.

Quelques jours plus tard, Ambre s'étant absentée, il a fouillé dans ses affaires et a fini par trouver la photo, cachée sous une pile de vêtements. Un simple cliché de polaroid, sur lequel un jeune homme souriait. Mise à part la couleur blanche de sa peau, les cheveux raides et non crépus comme ceux des Martiniquais, on aurait dit le frère aîné que José n'avait pas eu.

L'enfant n'a pu faire autrement que de brandir le portrait sous le nez de sa mère, dès qu'elle est rentrée à la maison. Les grands yeux sombres de la jeune femme se sont tout de suite embués.

– C'est ton père biologique, a-t-elle avoué dans un souffle.

Et elle lui a livré son histoire, lui expliquant que Manuel était au courant depuis le début, mais qu'elle n'avait pas osé lui en parler, à lui José, qui aimait tant le pêcheur. Puis elle a fait un signe de tête vers la photo, que son fils tenait encore au bout de ses doigts brunis, aux ongles en forme d'amande.

– Quand tu seras grand, si tu le désires, tu

pourras peut-être retrouver sa trace, avec l'adresse qu'il a laissée.

Alors, le petit garçon s'est promis que plus tard, quoiqu'il arrive dans sa vie, jamais il n'abandonnerait sa mère.

À vingt-cinq ans, José a décidé de partir à la recherche de son géniteur. Tout en travaillant dur en mer, il est parvenu à économiser peu à peu pour s'offrir le voyage jusqu'en France. En cinq années, il a réuni la somme.

Pendant tout ce temps-là, son désir de rencontrer le Métropolitain, cet Olivier qui l'avait engendré, n'a pas faibli. Non pour être en accord avec lui-même, son père c'était Manuel, aucun doute là-dessus. *L'autre* n'avait fait que prendre du plaisir avec Ambre, rien de bien glorieux là-dedans. Non, José avait réfléchi, ce qui motivait surtout son voyage, c'était l'idée de vengeance. Oui, venger Ambre qu'il avait vue pleurer à cause de ce lâche, cet « abandonneur de femme ». Il ne le tuerait pas bien sûr, il était bien incapable d'un tel acte, mais il rêvait de lui asséner un bon coup de poing bien senti dans la figure, après s'être présenté.

Évidemment, en plus d'un quart de siècle, cet homme avait certainement déménagé. Il faudrait mener une enquête. Peut-être longue. Mais ce genre de pensée ne pouvait suffire à décourager José, quand déterminé, il est monté dans l'avion pour la France.

Dès le début, la chance a été de son côté. À Paris, il s'est rendu tout de suite dans le dix-huitième arrondissement où se trouvait la rue. Là, pendant quelques secondes, il s'est presque cru à nouveau chez lui. Dans son île. Les personnes qu'il croisait avaient presque toutes la peau noire. Mais à y regarder de plus près, la teinte en était plus foncée, les lèvres des hommes, des femmes et des enfants également plus larges et proéminentes. C'était plutôt l'Afrique qui s'étalait sous ses yeux médusés, concentrée dans ce quartier.

Au numéro neuf, il a trouvé un vieil immeuble à plusieurs étages. En lisant les noms sur les boîtes aux lettres, celui qu'il cherchait lui a immédiatement sauté aux yeux. Incroyable, l'homme vivait toujours là ! Le jeune Martiniquais avait le cœur qui battait à toute allure. Il s'est octroyé une pause, une bière bien fraîche dans un café au bout de la rue. Puis il est revenu, a monté les quatre étages du bâtiment sans ascenseur. Il a frappé au numéro marqué sur la boîte aux lettres. Il pouvait entendre le son de la télévision, venant de l'intérieur de l'appartement. Il a attendu un long moment, mais personne n'est venu lui ouvrir. Alors, il s'est mis à tambouriner comme un fou contre la porte. Elle a fini par s'entrouvrir et là, José est resté sans voix. Olivier avait des rides profondes sur le front, un ventre énorme sous le tee-shirt informe, mais sa chevelure miel aux reflets fauves, sa haute taille, la fente oblique de son regard vert, son nez droit, la largeur de ses épaules signaient sans équivoque sa paternité. La photo avait juste pris un coup de vieux.

– C'est pour quoi ? a demandé l'homme d'une voix pâteuse.

– Je voudrais vous parler. Je suis venu de loin pour ça.

Clignant des yeux sous l'effet de la surprise, le Parisien a néanmoins laissé entrer José. Il s'est dirigé d'un pas mal assuré vers le salon, où la télé était restée allumée. Plusieurs bouteilles vides se trouvaient sur la petite table devant le canapé.

José a senti un dégoût puissant l'envahir. C'était donc ce poivrot, dont il était issu ? À la place de la colère, un profond sentiment d'écœurement s'est immiscé en lui. Sans s'asseoir, il a débité d'une traite les mots qu'il avait soigneusement préparés.

– Je suis le fils d'Ambre, que vous avez connue en Martinique, à l'âge de dix-huit ans.

Il a montré la photo, qu'il avait emportée.

– Ambre ?

Perplexe, l'homme peinait visiblement à rassembler ses souvenirs. Soudain, une sorte d'illumination a éclairé son visage.

– Ah oui, je me souviens. Pas banal comme prénom. Elle était bigrement jolie ta mère !

Dans son regard vitreux, quelque chose de doux s'était allumé.

– Je suis aussi votre fils, a murmuré José.

Il l'avait dit très bas, tant la honte devant cet alcoolique le submergeait.

Mais Olivier l'avait entendu. Son attitude s'est immédiatement transformée. Il s'est levé et sans ménagement, a poussé le jeune homme vers la porte d'entrée.

– Tu plaisantes j'espère ? Allez dégage ! Et que je ne te revoie plus dans les parages !

Le Martiniquais s'est retrouvé sur le palier, consterné. Démoralisé. Toute la colère accumulée en lui pendant des années s'était évaporée devant ce spectacle minable. À quoi bon frapper un homme ivre ? Il aurait dû voir d'un seul coup d'œil que ce n'était même pas la peine de pénétrer dans cet appartement.

Il a haussé les épaules, puis a redescendu pesamment les escaliers. Seule, la lumière entrevue un instant dans les yeux de son géniteur lui procurait un minuscule espoir. *Ce n'est qu'un lâche, devenu un pauvre type, mais peut-être qu'à l'époque, il a quand-même aimé ma mère, à sa manière,* s'est-il dit. Et cette pensée l'a un peu réconforté.

Ambre se relève péniblement et revient vers sa maison, une main posée sur le bas du dos. Qu'il est difficile de vieillir ! Malgré tout, elle sourit. Non, elle ne va pas se plaindre ! Elle vit dans un endroit magique, que les touristes viennent voir en traversant la moitié de la Terre. Elle a un fils merveilleux qui la soutient dans sa vieillesse. Son mari a été un amour d'homme. Et même le père de son fils ne l'a pas oubliée. La carte de Paris qu'elle garde précieusement avec la photo en témoigne. Au dos, Olivier y a tracé le même cœur, avec leurs deux prénoms à l'intérieur.

Parfois, tout en nettoyant les poissons sur le bord de la plage, José pense aussi à cette carte. Il ne regrette pas de l'avoir achetée lors de son unique voyage à Paris. Là-bas, pendant la semaine qu'il s'est octroyée, il a passé cinq jours à visiter la capitale et les deux derniers à paresser dans la chambre d'hôtel, s'entraînant à reproduire l'écriture derrière la photo.

Depuis, il n'a jamais revu sa mère pleurer. Parfois, apporter un peu de bonheur ne tient pas à grand-chose.

INFIDÈLE

Cette fois, il n'a pas su résister. Pourtant, ça ne lui était jamais arrivé. En dix ans de vie commune, jamais il n'avait trompé Sophie.

Il s'en veut terriblement. À quarante-cinq ans, il n'est plus un jeunot tout de même ! Que s'est-il passé pour qu'il glisse ainsi sur la pente du désir, qu'il ne parvienne à détacher son regard de cette femme mûre, enjôleuse, sûre d'elle ?

Dès qu'il l'a vue, il a été comme hypnotisé. Au milieu des scientifiques du colloque, elle ne pouvait passer inaperçue. Grande, une chevelure mi-longue flamboyante, d'adorables tâches de son sur le visage et les bras (*et sans doute partout ailleurs,* a-t-il aussitôt pensé), de longues jambes joliment galbées. Il s'est débrouillé pour être le premier journaliste à lui adresser la parole. Dans une robe légère qui laissait deviner ses formes parfaites, elle était carrément éblouissante. Il a dû respirer deux grands coups avant de pouvoir tendre son

micro vers elle. Dans un réflexe de jeune coq, oublié au fond de sa mémoire, il s'est entendu accentuer le son grave de sa voix. Après avoir cité le nom du journal pour lequel il travaille, il s'est présenté :
– Antoine Leroy.
Elle lui a répondu avec grâce et un éclair gourmand est passé dans son regard miel.
– Emmanuelle Rivière, climatologue.
Antoine lui a posé quelques questions, se montrant attentif, souriant, plein d'humour. Il la sentait amusée, consentante déjà. Et le fait est que cela l'a terriblement excité.

Le journaliste a assisté à la conférence d'Emmanuelle au fond de la salle, et dès celle-ci terminée, il s'est empressé de rejoindre l'attirante oratrice, lui prenant la main pour la féliciter avec chaleur. Il a volontairement maintenu les doigts tièdes un peu trop longtemps dans les siens, et un léger sourire est apparu sur les lèvres délicatement fardées. Une sorte de jeu implicite, qui révélait déjà une prometteuse complicité entre eux.
– Vous m'invitez à boire un thé vers 17 heures ? a-t-elle conclu simplement.
Il l'a amenée au Comptoir ChocolaThé, un petit café que sa femme Sophie adore dans le vieux Bordeaux. Il faisait bon en cet après-midi de juin et ils se sont installés en terrasse.

Antoine a commandé pour lui un café serré, Emmanuelle optant pour un thé au jasmin avec une pâtisserie maison.

Se comportant en femme bien élevée, la scientifique a d'abord parlé de ce colloque national se tenant au cœur de la ville : « Pour l'adaptation des territoires aux changements climatiques ». Un rendez-vous à l'enjeu crucial, auquel elle participe pendant quatre jours. Puis, rejetant ses cheveux en arrière, dans un geste de volupté étudiée qui a fait frémir le journaliste, elle a évoqué son activité passionnante de climatologue qui l'amène à beaucoup voyager, terminant de façon plus intime par son divorce récent.

Antoine l'a écoutée d'un air intéressé. En réalité, il ne pensait qu'à ce qui allait se passer entre eux ensuite. De son côté, il n'éprouvait aucune envie de dévoiler sa vie privée. Sophie et les enfants n'avaient rien à voir avec cet instant très spécial, où il se délectait de voir son invitée lécher ses doigts un à un pour en ôter la crème pâtissière, tout en lui souriant sans équivoque. De toute évidence, elle aimait faire durer l'attente.

Ils se sont retrouvés sur le lit de sa chambre d'hôtel et là, Antoine a perdu tout contrôle de lui-même. Le corps d'Emmanuelle recouvert de tâches de rousseur comme il l'avait deviné, son odeur vanillée, sa bouche savante et pulpeuse, ses gestes sans tabous, tout, il a tout pris et tout adoré. Elle n'a pas semblé se lasser non plus de la peau déjà brunie par le soleil de son compagnon, des caresses osées, sensuelles, de l'ardeur incroyable qu'il déployait. Il en a été étonné lui-même. Il faut dire qu'il s'était senti un peu en manque ces derniers temps. Car avec Sophie, ce n'était plus trop ça. L'usure normale d'un couple, sans doute.

Les premiers orgasmes des amants ont été rapides, mais Antoine a refait l'amour trois fois de suite à sa partenaire, en prenant le temps, l'écoutant gémir doucement, ce qui a décuplé son plaisir. Puis sa bouche contre la peau laiteuse et parfumée, il a sombré dans le sommeil.

Il est quatre heures du matin et il rentre à la maison. Il n'a pas réveillé Emmanuelle qui dormait paisiblement, mais il sait très bien que cette aventure n'aura pas de lendemain. La marche à travers les rues pour aller récupérer sa voiture, l'a complètement dégrisé. Il se sent penaud, empli de culpabilité. *Je n'ai même pas eu l'idée d'appeler Sophie, pour lui donner un prétexte valable qui expliquerait mon retard. D'ailleurs, pourquoi mon portable n'affiche ni sms ni appel manqué ? Elle m'en veut à mort, c'est sûr ! Ou alors, avec un peu de chance, elle était exténuée et s'est endormie de bonne heure ... C'est vrai qu'en fin d'année scolaire, le boulot des profs est toujours dingue et à chaque fois, elle n'en peut plus. Ou bien encore elle m'attend, furieuse, dans le salon, en buvant whisky sur whisky comme elle l'a déjà fait la nuit où son père était mourant ? Mon dieu, ces quelques heures délicieuses ont fait de moi un homme infidèle...Comment va réagir Sophie ? Que dois-je lui dire ?*

Ses pensées submergent Antoine, il doit s'arrêter un moment sur le bord de la route afin de se calmer. Il ne s'agirait pas d'avoir un accident. *Quoique, si je me retrouvais à l'hôpital, ça pourrait représenter un bon alibi... Non mais n'importe quoi mon pauvre, tu débloques !...* Il inspire à nouveau un grand coup, avant d'expirer profondément. En plus de son emploi de journaliste pigiste, il s'intéresse à la sophrologie. Il va même bientôt terminer sa formation de sophrologue, commençant déjà à donner des cours pour arrondir les fins de mois. Voici le moment d'utiliser la technique pour son propre compte !

Mais malgré ses efforts, il est toujours en proie à la panique, quand il compose le numéro de téléphone de Sylvain, son meilleur ami. Entre eux, c'est à la vie à la mort. Ils savent qu'en cas de besoin, ils peuvent se joindre à n'importe quelle heure de la journée ou de la nuit. Malheureusement le téléphone est éteint, Antoine tombe directement sur la messagerie. Alors, il s'oblige à fermer les yeux, à se concentrer sur sa respiration. Il finit par réussir à faire le vide en lui. Au bout d'un moment, il se sent plus calme et ses idées deviennent plus claires. Il décide de mentir à sa femme, de lui dire qu'il a rencontré un ancien confrère au colloque, qu'ils ont dîné ensemble, et entrepris la tournée des bars en refaisant le monde. Puis il redémarre, se préparant à affronter la réalité.

Elle est bien pire que tout ce qu'il a pu imaginer. La maison est plongée dans le noir. À peine a-t-il pénétré dans l'entrée, qu'il est assailli par une drôle d'impression. La sensation de quelque chose d'inhabituel, qui l'oppresse. Allumant la lumière, Antoine se dirige d'abord vers la chambre des deux garçons. Les observer dormir un moment l'apaise toujours.

Mais les lits superposés ne sont pas occupés. Affolé, il pousse la porte de la chambre parentale. Le couvre-lit est bien tiré, personne n'a dormi là. Et soudain, il comprend le sentiment étrange qui l'a étreint : il n'y a personne dans la maison. Atterré, il revient dans le salon, se laisse tomber lourdement sur le canapé. Les idées se télescopent à nouveau dans son cerveau. *Pourquoi ne sont-ils pas là tous les trois ? Rien de spécial n'était prévu pourtant, il reste une semaine de classe avant les vacances... Ou alors... Sophie est-elle déjà au courant de mon incartade ? Mais non, c'est impossible !*

Hagard, il se dirige vers la cuisine pour se préparer un café, lorsque son regard tombe sur une feuille de papier placée bien en évidence sur la table. La main d'Antoine tremble, ses yeux ont du mal à fixer l'écriture de Sophie, son cerveau ne parvient pas à enregistrer ce qu'il lit.

Antoine,

J'ai tenté plusieurs fois de t'en parler, mais je n'y arrive pas. Sylvain et moi ne voulions pas te perturber inutilement lorsque notre liaison a commencé, il y a trois ans. Je pensais pour ma part qu'il s'agissait d'un passage, un flottement dans notre couple, comme cela arrive parfois. Mais aujourd'hui, je ne peux plus me voiler la face. Sylvain et moi, nous nous aimons vraiment et nous avons décidé de vivre ensemble. Tu vas nous trouver bien peu courageux tous les deux de ne pas parvenir à te l'annoncer en face.

J'amène les enfants dès cet après-midi chez

ma mère. Ils y commenceront leurs vacances d'été un peu en avance, ce n'est pas grave. Pour l'instant, ils sont ravis.

Nous verrons ensemble par la suite comment leur annoncer notre séparation.

Pardon de ne pas avoir réussi à t'en parler avant,

Sophie

BELLE ET REBELLE

La vague s'enroule dans un bleu vert translucide orné de dentelle blanche. Puis elle éclate en une énorme gerbe, qui court le long de la grève. Dans un léger crépitement, la douceur mousseuse se répand en bulles étincelantes recouvrant le sable mouillé. Le soleil dans les yeux, Alizée est assise au milieu de l'écume. Depuis toute petite, elle aime intensément la mer. Plus précisément les grandes plages océanes qui bordent la côte landaise. Il faut dire que durant son enfance, elle passait les vacances d'été dans la maison de ses grands-parents, tout près d'ici, et que désormais, elle y vit avec sa mère.

Du haut de ses dix-sept ans, Alizée est une adolescente rebelle. Elle trouve sa vie moche, injuste, cruelle. Parfois, pour un rien, elle entre dans de grandes colères. Qui sont devenues légendaires, dans la famille. À ces moments, les mots dépassent sa pensée, elle hurle après tout le monde et ensuite elle regrette. Pour l'instant, elle n'a pas trouvé d'autre façon pour exprimer ses souffrances. Son immense révolte. Son malaise sans fond, dans une société où elle a l'impression de ne pas avoir sa place.

Elle a arrêté de se brosser les cheveux quand ses parents ont divorcé, peu après son entrée en sixième. Ses dreadlocks sont authentiques, magnifiques et parfaitement assortis à ses yeux caramel. Mais ils font pousser les hauts cris à ses grands-parents paternels à chacune de leurs rencontres. Que diraient-ils s'ils voyaient les trous de huit millimètres dans chacun de ses lobes d'oreilles, dissimulés par les écarteurs ou le nouveau piercing dans son nombril ? Mais la jeune fille s'en fiche royalement. De toute manière, ils sont bien trop vieux pour la comprendre. D'ailleurs, qui le peut vraiment ?

Certainement pas sa mère Chrystelle, qui ne cesse de rouspéter lorsqu'elle pénètre dans la chambre de sa fille, à cause des vêtements qui traînent par terre ou bien de la poussière qui s'accumule sur chaque meuble.

– Alizée, tu n'es pas manchote quand-même, tu pourrais ranger ton pantalon sur la chaise !

Qu'est-ce que ça peut bien lui faire si j'aime le désordre et les petits grains qui dansent dans les rayons de lumière ? bougonne Alizée.

Elle refuse que Chrystelle s'occupe de son antre. Sa tanière. Dans laquelle elle se réfugie dès qu'elle en ressent le besoin. Une chambre, c'est privé, non ?

Quant au père d'Alizée, il habite loin, au Canada, avec sa nouvelle femme et leurs deux fils. Elle ne le voit jamais. De toute façon, elle n'a jamais été très proche de lui.

Restent ses amis. Parlons-en de ses amis ! Déjà qu'elle n'en a pas beaucoup… Justine l'a laissée tomber maintenant qu'elle a rencontré Mathieu, avec qui elle a l'air de filer le grand amour. Violaine a déménagé et les deux adolescentes ne communiquent plus que sur Facebook. Erwan, son seul copain garçon, la considère toujours comme une petite fille et ne voit même pas qu'elle lui fait les yeux doux. Ou bien il fait exprès de ne pas comprendre. Pff, quelle galère ! Elle est seule, oui. Bien seule.

Elle prie souvent pour qu'un grand vent se lève, à l'image de son prénom et l'emporte loin d'ici. Elle s'imagine, courant à perdre haleine sur une plage de sable blanc bordée de palmiers, tournoyant en reine de la fête, au bras d'un jeune homme rayonnant, dans les accents joyeux d'une musique exotique. Puis le grand moment arrive, celui auquel elle songe tous les soirs dans son lit. Le jeune homme l'entraîne sur la plage et ils font l'amour au bord des vagues. Il est expérimenté, il l'ouvre doucement, avec respect, la révélant à elle-même. Il lui offre des sensations nouvelles, inédites, qu'elle reçoit, léchée par l'écume tiède, les yeux ouverts sur les étoiles. Dans un autre monde, celui de ses rêves, où il fait bon vivre, où tout est plus beau et plus facile.

En vérité, l'un de ses plus grands plaisirs est de se rendre au bord de l'océan. Elle se souvient parfaitement de ses premiers jeux avec lui, c'était ici, sur cette plage. Elle devait avoir six ou sept ans et elle jouait à se faire peur face aux vagues qui déferlaient. Elle se disait : *Ouh la la, celle-ci est énorme, quand elle va arriver, elle va me retourner ! Et celle-là c'est encore pire, elle se brisera sur moi et m'engloutira !* Elle attendait jusqu'au dernier moment, celui où l'écume allait la toucher et d'un bond, elle se redressait en criant vers le ciel.

Son papi et sa mamie qu'elle aimait tant vivaient encore. L'ambiance était douce, en rentrant après la baignade dans leur maison au milieu des pins. Maintenant ils sont partis tous les deux, l'un après l'autre à un an d'intervalle. Chrystelle a hérité de la maison et elles s'y sont installées toutes les deux.

Alizée n'aime pas les études. Elle pense que

ça ne sert à rien de se triturer le cerveau pour ingurgiter des connaissances qui de toute manière, ne lui serviront jamais dans la vie. Et puis les autres élèves ne sont pas toujours tendres envers elle. Le harcèlement, ça existe dans tous les établissements et c'est très dur à vivre. Surtout quand on est comme elle, douce et sensible. Aussi, la jeune fille a fini par abandonner le circuit scolaire traditionnel. Mais sa mère a insisté pour qu'elle continue à étudier par correspondance. Cependant plus ça va, plus Alizée lâche prise.

Elle se sent à l'étroit, elle étouffe dans cette société de compétitivité, qui demande de faire toujours plus et toujours mieux, sans se soucier du rythme de chacun. Qui soit fabrique du chômage, soit presse les gens comme des citrons quand ils ont la chance d'avoir un travail, dans un unique but de rentabilité. L'argent, toujours l'argent. Cela peut-il représenter un but en réalité ? Pas le sien en tous cas. La jeune fille rêve de partage, de solidarité, d'humanité. Il est là son idéal de vie et c'est vers lui qu'elle veut aller.

En fait, en réfléchissant bien, à part la mer, il y a un seul endroit où elle se sent vraiment à sa place. Quand elle se retrouve parmi les fleurs. Elles détiennent un véritable pouvoir, celui de parvenir à l'apaiser enfin. Auprès d'elles, la jeune fille oublie les difficultés de sa vie, les peurs, les doutes, la solitude qui l'étreignent si souvent. Pour elle, c'est une véritable passion. La seule d'ailleurs, qui les relie, avec Chrystelle. Car Alizée a grandi au milieu des teintes gaies, des parfums subtils, de la délicatesse des plantes, que les clients viennent chercher jour après jour dans la petite boutique nommée : *Le jardin de Chrystelle*.

Déjà enfant, elle pouvait observer sa mère pendant des heures dans le magasin. Elle était particulièrement fière et répétait à qui voulait l'entendre :

– En bouquets, ma maman est la plus forte !

Et c'est vrai que Chrystelle possède un don. Roses, pivoines, lys et autres merveilles se transforment sous ses doigts en compositions florales inédites, harmonieuses et originales, qui ravissent les clients.

Alizée quant à elle, préfère les fleurs sauvages. Avec trois fois rien, elle les mêle aux feuillages et aux herbes aromatiques, créant d'instinct des gerbes foisonnantes. Odorantes. Aux mille nuances, qui l'émerveillent comme un feu d'artifice.

– Tes bouquets champêtres sont pleins de fantaisie, de spontanéité et de fraîcheur, ils font du bien à l'âme… lui a confié récemment une cliente. Tu dois absolument continuer, je suis sûre qu'un jour tu égaleras ta mère !

Ces mots ont beaucoup encouragé la jeune

fille. Bien sûr, Chrystelle la félicite de temps en temps, mais là ce n'est pas la même chose. Une personne ne faisant pas partie de ses proches, a reconnu son talent. Et quand on manque terriblement de confiance en soi, quelques mots gentils ont parfois la capacité d'influencer un destin.

Depuis, un brin de lumière a commencé doucement à luire, à percer la grisaille des jours d'Alizée. Un espoir qui se dessine. Peut-être avec un peu de chance, pourra-t-elle préparer un CAP de fleuriste. Amener aux autres quelques brassées de douceur et de beauté. À tendre à bout de bras, dans un sourire. Pour une fois, elle sait que sa mère sera d'accord avec elle.

Un peu plus loin, Chrystelle contemple Alizée. Elle est si belle, sous ce ciel pur, assise seule dans l'écume scintillante. Des traits fins, une silhouette svelte, une fragilité désarmante aussi, qui se devine malgré la révolte intérieure qui parfois la submerge. Si elle pouvait plus souvent arborer un tel sourire, si radieux. Il faut dire que depuis quelques années, la vie la malmène rudement.

Poussant un grand soupir, Chrystelle essuie les larmes perlant au coin de ses paupières, puis avance vers sa fille qui vient de se lever. Elle lui tend une main sûre, afin de lui éviter de trébucher et s'affaler sur le sol. Elle l'aide à traverser lentement la minuscule langue de sable blond devant le muret de pierre à l'entrée de la plage.

Bien sûr, elles ont choisi cette heure où la marée est la plus haute. Avec sa myopathie, diagnostiquée à l'âge de douze ans, Alizée a les jambes si faibles qu'elle ne peut aller seule bien loin. Heureusement, contre le muret l'attend son fauteuil roulant électrique.

LA MUSIQUE BLEUE

Ce soir, je l'ai entendue.

Je l'entends toujours quand quelque chose d'important va changer dans ma vie. Juste quelques heures avant. Qu'il s'agisse d'un événement heureux, ou d'un cataclysme prêt à s'abattre sur moi, elle est là, elle m'avertit du changement imminent.

J'étais accoudée à la fenêtre de ma chambre et je rêvais. Mon regard ne voyait pas l'herbe folle du pré devant la maison, ni les arbres de la forêt bordant l'horizon, mais plus loin que tout ça. Bien plus loin. Et c'est à ce moment qu'elle est venue. La musique bleue.

Je n'avais que quatre ans et c'était ma toute première partie de pêche.

Papa m'avait fait asseoir sur un siège pliant près de lui, puis il m'avait mis la canne dans la main. Elle était légère, fine et souple, comme la branche de noisetier avec laquelle il m'avait fabriqué un petit arc. J'étais heureuse d'avoir ce papa-là. Il s'occupait beaucoup de moi et nous faisions toujours ensemble des activités passionnantes.

Maman nous avait rejoints un peu plus tard en m'amenant mon goûter. Je me souviens que j'avais attrapé deux poissons. Papa m'avait aidée à les ferrer et j'étais très fière de moi. Mais je crois que je l'étais plus encore d'avoir partagé ce grand moment de complicité avec lui.

Alors que je croquais dans ma pomme avec un bel appétit, maman avait dit tranquillement une phrase toute simple. On ne sait jamais combien parfois une phrase toute simple peut s'inscrire en soi pour la vie. Sans doute avait-elle levé la tête vers les chênes, à l'ombre desquels nous étions installés, car c'était l'été et il faisait chaud au bord du lac. J'entends encore la douceur de sa voix claire :

– Vous avez raison d'en profiter, le ciel est tout bleu aujourd'hui .

Pour moi, la sérénité de ce moment, la chaleur, le bien-être, le chant lumineux des oiseaux un peu plus loin dans les arbres, tout était devenu bleu. C'est alors que je l'avais entendue pour la première fois. Le soir-même, mes parents m'annonçaient que j'allais avoir une petite sœur. Maman avait raison, nous avions bien fait d'en profiter papa et moi. Plus rien n'allait être pareil.

Hélène s'est tout de suite révélée une petite

peste. Tout bébé déjà, dès que notre mère m'asseyait sur ses genoux pour me faire faire mes devoirs, ma sœur se mettait à hurler. Elle hurlait tellement que maman devait se lever et la prendre dans ses bras.

Plus tard, quand nos parents manifestaient de l'attention envers moi, elle se débrouillait toujours pour ramener les choses à elle. Elle, elle, toujours elle ! Elle ne supportait pas que je sois différente des autres et elle jugeait déplacée la bienveillance dont j'étais entourée. Mes parents avaient beau lui expliquer ma situation, elle ne voulait rien savoir. Je pense que malgré leurs paroles, elle ne se rendait pas vraiment compte de mon handicap. C'était fatigant.

Elle se montrait jalouse de ce tout que je possédais, tout ce que j'étais.

– Elle a un nom de fleur, elle, pleurnichait-elle, alors qu'Hélène, c'est banal, ça n'a aucun charme !

D'après elle, j'avais la chance d'être grande, alors que sa taille était moyenne. Elle jugeait les cheveux bouclés qui moussaient autour de mon visage magnifiques, alors que les siens étaient trop raides. Ma minceur lui paraissait idéale, alors qu'elle-même était à peine un peu enrobée. Je suis sûre que si cela avait été l'inverse, elle aurait trouvé mes formes pleines merveilleusement sensuelles.

Dans mon enfance et mon adolescence, j'ai beaucoup souffert des exigences, des pleurs, des reproches permanents de ma petite sœur. Maintenant, avec le recul, je parviens à être un peu plus indulgente, car je comprends qu'elle avait du mal à trouver sa place auprès d'une sœur aussi spéciale, à laquelle nos parents étaient très attentifs.

C'était un vendredi soir, veille de mes onze ans. Du plus loin que je me souvienne, j'adore chanter. Maman m'appelle d'ailleurs sa *grive musicienne*. J'ai toujours été fière de cette appellation, car il s'agit d'un oiseau dont le chant mélodieux, haut et puissant, se révèle d'une incroyable musicalité. Depuis plusieurs années, je demandais à prendre des cours pour m'améliorer. Mais ce n'était pas facile car nous habitions dans la campagne à environ vingt-cinq kilomètres de Toulouse. Déjà, mon école se trouvait dans la grande ville et papa m'y amenait tous les matins, venait m'y chercher tous les soirs, après son travail en banlieue. Cela représentait un gros effort. Pourtant, nous n'avions pas le choix. Nous traversions la ville rose au ralenti, coincés dans d'interminables embouteillages. Hélène, qui se plaignait sans cesse de mes « privilèges », ne voulait pas reconnaître la chance qu'elle avait de pouvoir fréquenter l'école du village et d'être à la maison un quart d'heure à peine après la fin des cours. Quant aux mercredis et aux week-ends, je les passais généralement chez nous et il était hors de question de me conduire une fois de plus au Conservatoire de Toulouse.

Ce soir-là, je me trouvais sur le canapé du salon, devant la télévision avec mes parents et ma sœur. Je n'écoutais pas l'émission, mais songeais au cadeau que j'allais recevoir et dont personne à la maison ne m'avait encore rien dit. C'est alors que soudain, j'ai à nouveau goûté aux notes étranges de la musique bleue. Un air envoûtant, persistant, qui m'a surprise encore une fois. Doux. Mystérieux. Secret. Mais aussi très gai. Des sons feutrés, aux antipodes de ma voix qui lorsque je chante, est aiguë, claire et sonore.

Le lendemain matin, j'étais la plus heureuse des petites filles : mes parents avaient décidé que j'allais recevoir mon premier cours de chant le jour même de mon anniversaire.

– Ton professeur est d'accord pour se déplacer jusqu'à la maison, m'a annoncé papa. Il viendra ici tous les samedis matins.

Je lui ai sauté au cou et ai embrassé maman si fort qu'elle a failli tomber.

J'ai grandi sans histoire, dans mon univers particulier. Peu à peu, d'année en année, la *grive musicienne* affinait son chant. Mon professeur avait dit à mes parents que j'étais une véritable « oreille ». Car d'après lui, celle-ci était non seulement absolue, c'est à dire que j'associais immédiatement le nom exact des notes aux sons que j'entendais, mais également d'une finesse exceptionnelle. Il ne connaissait aucun autre élève tel que moi. J'étais tout étonnée de ces compliments ; ce que je faisais me paraissait tellement simple ! Quant à la technique vocale, elle avait représenté un travail long et parfois fastidieux, mais ma voix avait fini par se poser, se faire ronde et pleine, homogène, rendre des sons légers ou timbrés. Ma tessiture s'était étendue, ma richesse d'expression aussi. Je progressais avec joie, passant sans transition du répertoire classique à la variété. La musique était devenue ma vie et le chant mon credo. C'était ma façon à moi de prendre possession du monde. Et d'affirmer aux yeux de tous ma propre identité.

J'avais seize ans et ma meilleure amie s'appelait Clara. Nous étions dans la même classe. Aussi ouverte aux autres que j'étais solitaire, elle sortait beaucoup et avait des tas de copains et copines. C'est elle qui m'a fait connaître Maxime. Il étudiait dans le cours supérieur au nôtre. Également passionné par le chant, il devait participer à un concert donné pour la Fête de la musique, dans le cloître des

Jacobins.

– Il faut que tu viennes Violette, m'avait-elle assurée, tu dois l'entendre, il a la voix d'un dieu.

Intriguée, curieuse, je l'avais accompagnée. Elle avait raison. Maxime possédait une voix lyrique extraordinaire. Très chaude, ardente. Somptueuse. Une voix dorée, qui grimpait dans les aigus avec une facilité déconcertante. Chargée d'une intensité dramatique saisissante. Aucun doute, ce garçon-là était né pour la tragédie. Dès le début du concert, j'étais déjà sous son charme.

Notre relation amoureuse a duré trois mois.

J'étais totalement subjuguée par Maxime. Une vraie attitude de midinette, sentimentale, naïve, tout juste sortie de l'enfance. Nous nous rencontrions à Toulouse tous les week-ends. J'avais persuadé mes parents de me laisser dormir le samedi soir chez Clara, qui vivait avec son père dans le quartier St Cyprien, un endroit très vivant de la ville, au bord de la Garonne. Bien sûr, ils avaient contacté ce dernier, qui avait accepté sans problème. Il faut dire qu'il ne se préoccupait pas beaucoup de sa fille et n'était pas toujours au courant de ce qui se passait dans sa propre maison.

C'est là que Max et moi avons fait l'amour pour la première fois, alors que Clara se trouvait elle-même dans la chambre d'à côté avec son petit copain du moment. Première tentative, délicate et malhabile, qui m'a laissé un souvenir en demi-teinte. Mon amoureux en était lui aussi vraisemblablement à son premier essai. Un moment agréable, mais pas ces transports des sens dont j'avais entendu parler. Un éveil tendre du dedans de moi-même, la découverte d'une douce palpitation dans mon ventre. Le meilleur serait à venir, je n'en doutais pas. J'ai toujours possédé une nature confiante.

Mon beau ténor était un fêtard. Il aimait s'amuser, buvait et fumait beaucoup avec ses amis. Si je l'avais découvert plutôt timide pendant l'amour, il se vantait volontiers de son talent. Pour ma part, je trouvais bêtement normal que Max soit si fier de sa voix exceptionnelle. Et puis il s'intéressait à moi, c'était l'essentiel. Peu à peu, je saurais bien lui démontrer que ces instants éphémères et superficiels passés dans les bars de la vieille ville n'étaient rien à côté de l'intensité de mon amour, pur et sincère. Et puis, ne partagions-nous pas la même passion, pour moi la plus belle, celle du chant ? Nous avions d'ailleurs prévu de répéter ensemble sérieusement un duo de Schumann pour soprano et ténor. Je m'en promettais d'avance une grande joie.

Mais nous n'avons pas pu réaliser ce projet.

Il était dit que je devais retomber brutalement de mon cocotier.

La musique bleue est survenue un vendredi soir, sans que je l'attende une fois de plus. C'était la troisième fois de ma vie que je la percevais et cette fois, elle résonnait en moi comme un glas profond, lugubre, sonnant la fin. Le néant. La mort. Je n'ai pas mis très longtemps à comprendre de quelle mort il s'agissait. D'autant plus que j'avais remarqué la gêne de Clara lorsqu'elle évoquait Max depuis quelque temps.

Le lendemain, mon petit ami m'a annoncé sans préambule qu'il sortait avec elle. C'était horrible et cruel, mais je m'y attendais depuis la veille. La musique bleue m'avait informée avant lui.

J'ai beaucoup réfléchi à la musique bleue.

Suivant ce qu'elle a à me communiquer, ses accents sont joyeux, aériens, ou bien tristes, lourds parfois. Timbres légers de clochettes ou graves de grosses cloches venant à moi, j'aime vous imaginer sortant tout droit d'un tableau champêtre, tout empreint de nature. Un peu semblables aux sonnailles des brebis ou des vaches de montagne. Vous savez me conter les odeurs fraîches du petit matin, les longues herbes courbées par le gel, le poil humide du troupeau lorsqu'il s'éveille, l'eau qui serpente lentement dans le pré. Vous savez raconter la vie. Celle qui se dessine pour moi, celle de mon lendemain, pressenti avant même qu'il ait eu lieu.

Moi, Violette, je ne possède pas les cinq sens fondamentaux, auxquels la plupart des gens sont tellement habitués qu'ils n'y prêtent même plus attention. Je suis aveugle de naissance. C'est pourquoi je pense que mon esprit, mon corps, ont trouvé une façon bien à eux de combler cette carence. De capter certaines informations subtiles. Les détails, les atmosphères, les façons d'être, de parler et aussi les non dits. C'est comme un sixième sens, allié à mon intuition naturelle. J'engrange inconsciemment toutes ces données, et elles deviennent la matière de la musique bleue.

Un tournant décisif se prépare pour moi, celui de ma vie d'adulte. J'ai postulé pour enseigner le chant dans mon école, l'Institut national de jeunes aveugles de Toulouse. Ma candidature va être acceptée, c'est sûr, les clochettes ont carillonné gaiement dans ma tête. Enfin, je vais pouvoir réaliser mon rêve : ne plus être une « oreille » pour moi toute seule, mais la mettre au service des autres. Le destin me sourit. La musique bleue me l'a dit.

UNE SEMAINE SANS ALLAN

Une semaine sans lui, ça n'allait pas être facile. Lou se leva sans enthousiasme, en traînant les pieds. La journée d'aujourd'hui s'annonçait morose. Seule pour le petit déjeuner, seule pour se rendre chez le notaire, où elle retrouverait Mathias. Seule devant d'inévitables démarches administratives, qu'il faudrait bien accomplir. Seule ce soir, dans cet hôtel froid et impersonnel. Seule pour vivre, en somme.

– Quelle poisse qu'Allan n'ait pas pu m'accompagner ! marmonna-t-elle une fois de plus avec humeur.

Bien sûr, elle verrait souvent Mathias, mais ce n'était pas du tout pareil. D'abord, elle le connaissait mal et de toutes façons, elle n'avait jamais éprouvé beaucoup d'affection pour son frère aîné. Sans la mort de leur père, elle ne l'aurait pas revu et ne se serait pas déplacée jusqu'ici, à Vienne !

Si Allan avait pu être là avec elle, les choses auraient été complètement différentes. Lui, elle l'aimait vraiment. Et c'était réciproque. Allan faisait même preuve pour elle d'un amour inconditionnel. Elle n'avait jamais connu ça avant lui. Depuis douze ans maintenant qu'ils vivaient ensemble, cet amour lui était devenu indispensable. Essentiel. Il lui remplissait le cœur.

Lou sortit de l'hôtel en maugréant. Elle n'aimait pas l'Autriche. Il avait déjà fallu y venir pour l'enterrement. C'était éprouvant, il y avait beaucoup de monde à la cérémonie. Heureusement, elle n'avait dormi à Vienne qu'une seule nuit. Mathias n'était pas resté longtemps non plus, juste le temps de régler les formalités les plus urgentes. Sa femme venait de subir une opération importante, elle était hospitalisée et avait besoin de sa présence à ses côtés. Lorsqu'il avait appelé sa sœur pour lui annoncer le décès de leur père, ils avaient décidé d'un commun accord de reporter les autres démarches au mois suivant.

Pourtant, ici dans la capitale autrichienne, la petite enfance de Lou avait été heureuse. Avant. Avant la séparation de ses parents quand elle avait six ans. Assise dans le tramway qui la conduisait vers le quartier du notaire, elle voyait défiler des rues colorées et animées. Elle repensa à l'immense marché de

Naschmarkt, où sa mère l'amenait le samedi matin. On y trouvait de tout. Aussi bien des produits locaux que des épices exotiques, des fruits tropicaux et des gâteaux orientaux. Souvent, un vieux marchand offrait une friandise sucrée à Lou et elle la dégustait avec gourmandise. Goût miellé dans la bouche. Pâte de dattes fondante. Elle s'en souvenait encore. On se marchait bien un peu sur les pieds, tellement il y avait de monde, mais ce n'était pas grave. Sa mère et elle revenaient à la maison avec un gros panier débordant de fruits et légumes frais. Quel âge avait Mathias, quand cette période bénie avait pris fin ? Elle calcula rapidement. Quinze, oui c'est ça, quinze ans, il était déjà ado. Ils avaient neuf ans d'écart, c'était beaucoup. Trop sans doute pour qu'ait pu s'instaurer entre eux une véritable relation de complicité.

Kurt n'avait pas été un père formidable non plus. Un homme très influent dans son milieu professionnel certes, mais sans cesse pris par ses activités d'économiste, auxquelles elle n'avait jamais rien compris. Elle l'avait revu en pointillés, au fil des années. Leur relation n'était pas très chaleureuse.

En fait, seule sa mère avait réellement compté. Alice, qui n'avait que dix-huit ans lorsqu'elle s'était amourachée de son bel

Autrichien, pendant des vacances d'été. Contrairement à la plupart des amourettes estivales, celle-ci avait duré. Kurt et Alice avaient correspondu. Le jeune homme était venu la voir plusieurs fois en Suisse, dans le canton de Berne où elle vivait. Deux ans après, naissait Mathias.

Lou soupira, consulta sa montre. Que faisait Allan ? Lui manquait-elle ? Certainement, il ne pouvait en être autrement. Il lui tardait ce soir. Elle téléphonerait pour avoir des nouvelles.

Lorsqu'elle arriva chez le notaire, son frère était déjà là. Haute stature, yeux clairs et cheveux blonds comme leur père. De son côté, Lou tenait son abondante chevelure brune et sa petite taille d'Alice.

Mathias avait littéralement sauté de joie en entendant le montant de l'héritage que laissait Kurt. Ce vieux grigou avait bien géré son patrimoine et investi judicieusement en bourse.

Le frère et la sœur étaient ensuite allés boire un verre, afin d'établir la marche à suivre pendant les jours suivants. Lou avait jeté un œil sur les photos de ses neveux que lui avait montrées Mathias. En fait, elle ne les avait rencontrés qu'une seule fois, quand leur père leur avait fait visiter la Suisse. Ils étaient encore bien petits. Aussi fut-elle surprise de découvrir deux jeunes gens souriants sur les clichés. Déjà ? Mon dieu, comme le temps passait vite…

Galvanisé par la somme dont lui et sa famille allaient pouvoir disposer, Mathias était intarissable :

– Cet argent est une bénédiction pour les garçons, Louise ! Il va considérablement les aider à débuter dans la vie ! Stefan fait des études de médecine et Lukas vient de passer son bac, il veut devenir moniteur de plongée sous-marine. Crois-tu que notre père pensait à l'avenir de ses petits-enfants, en plaçant ainsi son argent ?

Lou avait regardé un peu mieux son frère. Il ne pensait pas à lui en premier, mais à ses enfants. Tout d'un coup, il lui avait paru plus sympathique. Aussi, avait-elle accepté lorsqu'il l'avait invitée au restaurant pour le repas du soir.

Ils avaient bu un Grüner Veltliner, cet excellent vin blanc au bouquet poivré et corsé. Frais juste comme il le fallait. C'est peut-être ce qui avait délié davantage encore la langue de Mathias. Il avait évoqué leur enfance, ce père peu présent, mais qu'il semblait malgré tout apprécier. En tout cas, il avait avoué à sa sœur que la mort de Kurt l'avait fortement peiné.

Lou ne montra pas son étonnement. Après

tout, en y réfléchissant, c'était logique. Après la séparation des parents, elle avait regagné la Suisse avec Alice, alors que son grand frère avait désiré rester à Vienne avec leur père. Ils avaient donc continué à vivre plusieurs années ensemble tous les deux et avaient certainement tissé des liens qu'elle ignorait. Comme elle-même avait été extrêmement proche de leur mère. Néanmoins, elle devait reconnaître que Kurt avait le sens de l'équité : dans son testament, il avait laissé à ses deux enfants une somme équivalente.

Au fil de la conversation, ils avaient évoqué leur vie d'aujourd'hui. Mathias avait parlé de Michaela, sa femme, de Stefan et Lukas. De ce beau pays d'Australie, où il avait été muté et où ils étaient établis depuis plusieurs années.

– Allan aussi est originaire de là-bas ! s'était-elle entendue dire spontanément.

– Ah bon, je ne savais pas, avait rétorqué Mathias.

Lou avait alors raconté son quotidien. Allan. Leur petit coin de Suisse. Leurs longues balades dans la nature, si importante pour eux deux. Les derniers temps d'Alice, à laquelle elle s'était totalement consacrée, afin de lui procurer la meilleure fin de vie possible. Ses propres problèmes de santé, qui lui avaient valu une retraite anticipée, pour invalidité. Mathias écoutait, posait des questions. Et l'intérêt qui se lisait sur son visage n'était pas feint.

Depuis trois jours qu'elle était à Vienne, Lou commençait à voir Mathias d'une toute autre manière. C'est vrai qu'elle le connaissait peu. Il n'était jamais là les rares fois où elle s'était rendue dans la grande maison paternelle. Et quand il passait les voir, sa mère et elle, il était toujours pressé.

Entre les longs moments consacrés aux formalités (heureusement, elle avait toujours entretenu son allemand), ils se donnaient tous deux rendez-vous dans des bars ou des restaurants de quartier et prolongeaient tard leurs soirées ensemble.

Mathias avait commencé à se livrer à une sorte d'auto analyse, d'abord sur cette période vécue tous les quatre en Autriche, puis sur ses débuts professionnels, tout ce temps où la vie l'avait emporté comme un tourbillon loin de sa famille. Il y réfléchissait avec beaucoup de sincérité, partageant avec elle ses réflexions.

– La mort de papa a été comme un déclic pour moi. J'ai compris beaucoup de choses.

Elle découvrait peu à peu un homme tourmenté, sensible.

– À Vienne, j'étais centré sur moi tu comprends, sur mes problèmes d'adolescent. Et la mésentente entre papa et maman me perturbait énormément. Tu étais si jeune, je ne me préoccupais pas beaucoup de toi.

Il était plein de regrets, de remords :

– Avant Michaela, j'étais très égocentrique, je m'en rends bien compte. Elle m'a aidé à m'ouvrir aux autres. Et après… les enfants, le boulot…j'ai mis tellement d'énergie pour créer ma boîte... la vie file si vite, Louise. Je suis vraiment désolé, je n'ai pas été à la hauteur. J'aurais dû penser un peu plus à vous, à toi et maman.

Quelque chose se dénouait doucement à l'intérieur de Lou. Elle éprouvait un sentiment insolite. Comme une gratitude. Ce grand frère qu'elle avait toujours imaginé indifférent, voilà qu'il lui redonnait enfin sa place. C'était nouveau. Inattendu.

En dehors de ces moments d'introspection, il savait aussi être drôle. Lou se sentait légère (était-ce dû aux nombreux vins autrichiens qu'il lui faisait déguster?) et son rire en cascades fusait aux plaisanteries de Mathias.

De plus, elle se sentait soulagée, Allan allait parfaitement bien. Chaque soir, elle en avait la confirmation par téléphone.

La semaine passa à une vitesse incroyable. Aussi le dernier matin, Lou fut très surprise en réalisant que c'était déjà la fin du séjour. Le frère et la sœur avaient été efficaces, ils avaient réussi à effectuer la totalité des démarches. Mais le plus étonnant était toutes ces heures passées avec Mathias, qui ne lui avaient pas pesé. Elle qui appréhendait tant cette semaine sans Allan.

Ils passèrent un moment délicieux à visiter le musée du Belvédère, où ils admirèrent sans réserve les œuvres sublimes de Gustav Klimt. Notamment ses toiles de la période dorée, *Le baiser* et *Judith*.

Puis, ils arrêtèrent un taxi passant devant le musée et Mathias raccompagna Lou à la gare. Avant de se séparer, il lui proposa de leur rendre visite pour Noël.

– J'en ai parlé au téléphone avec Michaela, elle serait contente de te connaître. Tu verras, c'est quelqu'un de très accueillant. Et puis, nous sommes passés à côté de beaucoup de choses tous les deux, tu ne crois pas ? Il nous faut rattraper le temps perdu…

– Promis, je vais y réfléchir, répondit Lou avant d'embrasser son frère.

Dans le train, elle repensa à tout ce qu'elle venait de vivre. C'était une semaine *sans Allan*, mais *avec Mathias*. Et si elle acceptait la proposition de son frère ? Après tout, elle avait toujours eu très envie de voyager. Évidemment jusqu'ici, sa petite pension ne lui en avait guère donné l'occasion. Mais maintenant, avec l'héritage, elle n'aurait plus de problème de trésorerie. Et puis peut-être qu'une certaine unité, ayant si peu existé dans leur famille éclatée, allait enfin voir le jour. Peut-être qu'avec son frère, sa belle-sœur, ses neveux, elle trouverait enfin une vraie famille. Ça valait la peine d'essayer.

Bien sûr, il y avait Allan. Cependant, les quelques jours venant de s'écouler avaient montré qu'elle pouvait le laisser seul de temps en temps. Nadia, la voisine, s'occupait très bien de lui. Car franchement, il n'aurait pas été du tout raisonnable de faire courir le monde à son compagnon de vie. Son chien adoré. Douze ans, pour un berger australien, c'était déjà vieux.

L'APPEL

Ils ont décidé de partir.

Depuis plusieurs mois, elle sent bien que quelque chose d'important va changer dans sa vie. Elle ne s'est jamais trompée, chaque fois une intuition profonde l'a avertie à l'avance. Peut-être parce qu'elle sait rester attentive à ce qu'elle ressent à l'intérieur d'elle-même. Comme ces animaux à l'écoute de la nature, qui devinent par des signes que les hommes ne savent capter, l'arrivée d'une tornade ou d'un tremblement de terre.

Une période essentielle, encore entourée d'une brume ne laissant deviner que des formes imprécises, se profile pour elle et son mari. L'une des étapes clés de chaque existence, qui donnent au bout du compte la sensation d'avoir vécu plusieurs vies dans une seule. Comme les saisons qui façonnent le temps et le colorent de leurs teintes, à chaque fois particulières. Voici l'aube d'une nouvelle ère. Qu'ils espèrent heureuse.

Le désir d'un ailleurs leur est venu par

surprise. Alors qu'ils avaient enfin terminé de rembourser le prêt de leur maison à Saint Jean de Luz et ne songeaient certainement pas à remettre leur lieu de vie en question. Et pourtant. Il est bien là, l'appel d'une autre demeure, d'une nature différente. Ils en ont longuement discuté. Ils souhaitent une bâtisse plus grande, plus moderne, avec une seule pièce servant à la fois de cuisine, de salle à manger et de salon. Un carrelage clair et lumineux dans toute la maison. Une salle de gymnastique avec vélo d'appartement, stepper et tapis pour elle. Un atelier pour lui. Ils ont suffisamment économisé pour pouvoir s'offrir ça. Ils imaginent aussi un environnement avec des chênes, des châtaigniers, des noyers. Autre que celui du Pays Basque, entre mer et montagne. Ici c'est peut-être beau, mais ils en ont fait le tour, depuis le temps. Besoin de respirer un nouvel air, d'admirer un nouveau paysage, d'arpenter de nouveaux chemins. Ils ne savent pas quand tout cela sera possible, ce qui est sûr, c'est que ça vient.

Cette envie, c'est sûrement parce qu'ils ne travaillent plus, ni l'un ni l'autre. Il vient d'obtenir sa retraite, elle s'est retrouvée au chômage et elle sait que pour les deux années qui lui restent à faire, à son âge c'est fichu, elle ne retrouvera pas d'emploi.

À leur grand désespoir, aucun enfant n'est venu réchauffer leurs cœurs. Ils ont bien essayé pourtant. Longtemps. Sans et avec traitements.

Quant à leurs parents à tous deux, ils dorment maintenant dans l'un des deux cimetières de la ville. Nul besoin d'aller se recueillir sur leurs tombes pour penser à eux. On peut tout aussi bien les évoquer n'importe où, n'importe quand. Les revoir en rêve. Leur parler même parfois. Alors franchement, quel motif pourrait retenir le couple de partir ?

Ils sont tombés d'accord pour aller s'établir en Dordogne. Un département qu'ils adorent et où ils vont régulièrement en vacances, passer quelques jours. Surtout dans le Périgord noir. Les innombrables grottes, la rivière Dordogne si majestueuse, bordée de ses hautes falaises, les châteaux historiques, ils adorent. Ils cherchent donc sur Internet, sélectionnent des lieux, téléphonent aux agences, vont se rendre compte sur place.

Finalement, leur choix se porte sur une adorable maison de caractère, à deux pas des Eyzies de Tayac-Sireuil, l'un de leurs villages préférés. Il faut dire qu'on le nomme « capitale mondiale de la Préhistoire ». Le domaine de l'Homme de Cro-Magnon, découvert dans un petit abri sous-roche ouvert au public. Un endroit vraiment fabuleux, hors du temps, où ils retrouvent avec bonheur les racines de l'humanité. Ils se sont même fait des amis aux Eyzies, avec qui ils partagent de merveilleux moments de convivialité. Ce nouveau projet les enthousiasme, les comble.

Ils ont signé le compromis de vente. Elle fait à longueur de journée de nouveaux projets d'aménagement.
— Que dirais-tu de placer le canapé face à la cheminée ? J'aime tellement voir le feu. D'ailleurs, le feu, on ne fait pas que le voir. On sent sa chaleur bienfaisante avec la peau, l'odeur brute du bois avec le nez, les bûches qui éclatent et la braise grésillante avec les oreilles…

Il rit. Heureux d'être témoin de son bonheur volubile. On dirait une enfant émerveillée.

Bizarrement, c'est à peu près à ce moment qu'elle commence à ressentir des douleurs. Au bras droit, puis à l'épaule, aux genoux, au dos. Pas une semaine sans qu'une nouvelle zone de souffrance n'apparaisse. Mal partout, en fait.
— Eh bien je ne rajeunis pas, constate-t-elle en haussant les épaules.

Mais son mari très inquiet, insiste pour qu'elle consulte un médecin, qui l'envoie chez un spécialiste. Les examens ne donnent rien, les docteurs sont bredouilles.

– Tu vois ! dit-elle avec fatalisme. Et elle arrête d'en parler.

Mais il remarque bien qu'une grimace lui tord toujours la bouche quand elle se lève le matin, qu'elle utilise abondamment des huiles essentielles en auto massage, qu'elle fait souvent dans la journée de petits mouvements circulaires du bassin, l'air de rien, afin de se soulager un peu le bas du dos.

Le jour de la signature de l'acte définitif arrive enfin. Ils se lèvent tôt, se préparant avec soin pour cette entrevue déterminante. Alors qu'ils sont sur le point de partir, le téléphone se met à sonner dans le salon. Il va répondre. Elle regarde son mari, dont l'expression du visage se modifie au fur et à mesure de la conversation. Une ride profonde se creuse entre ses sourcils épais, ses lèvres charnues ne sourient plus, il passe et repasse avec fébrilité une main dans ses cheveux poivre et sel. Puis il raccroche et se laisse pesamment tomber sur le canapé. Saisie d'une lourde appréhension, elle s'approche de lui.

– Tu peux enlever ton manteau, murmure-t-il d'une voix presque inaudible, on ne signera pas.

– Qu'est-ce qui se passe ?

– Le propriétaire ne veut plus vendre.

– Quoi ? Qu'est-ce que c'est que cette

histoire ?

– Il a réalisé qu'il avait fait une erreur en mettant la maison en vente et il veut la léguer à son petit-fils. Mais comme il s'est engagé vis à vis de nous lors la signature du compromis de vente, il est prêt à nous verser la somme prévue en cas de défection de l'une des parties.

Et il s'approche de sa femme qui se retient au chambranle de la porte, la prend par les épaules, l'obligeant à tourner doucement son visage vers lui.

– Ne t'inquiète pas, le notaire m'a affirmé qu'il est toujours possible de saisir la justice pour forcer la vente.

Elle ne répond pas. Ses beaux yeux couleur pervenche brillent plus que de coutume.

Étonnamment, ces propos l'apaisent. Pas la proposition du notaire, mais ce que son mari vient de dire avant. Le vendeur qui ne veut plus vendre. La maison de Dordogne qui ne sera pas à eux.

Toute la nuit suivante, elle y réfléchit. Depuis quand ses douleurs qui ne la quittent plus ont-elles réellement commencé ? En recoupant les dates, elle se rend compte que c'est lorsqu'elle a accepté de se lancer dans cette folle aventure. Quitter leur propre maison, refaire leur vie ailleurs, dans un superbe endroit certes, mais où ils n'ont pas vraiment d'attache. Après tout, qu'importent les racines de l'humanité? Les leurs n'ont-elles pas davantage d'importance ? Celles qui existent pour eux dans ce Pays Basque où leurs parents ont vécu, où tous deux sont nés, ont grandi, se sont rencontrés, mariés et ont vécu jusqu'à maintenant? Et si ces douleurs brusquement apparues étaient liées à ces puissantes racines familiales, qu'en fin de compte, elle et lui allaient trancher?

S'ils restaient finalement dans leur maison, en l'arrangeant autrement, à leur goût ? Après tout, ils peuvent compter sur leurs économies et le propriétaire de la maison des Eyzies est prêt à arrondir ce pécule. Alors pourquoi le refuser ? Elle commence à tirer ses plans : construire une extension de la maison dans le jardin, pour la salle de gym et l'atelier. Abattre les cloisons afin de créer la grande pièce de vie dont ils rêvent. Refaire le carrelage, avec ces grandes dalles blanches qu'elle a repérées chez Leroy Merlin.

Elle comprend tout d'un coup ce qui la rendait tellement heureuse dans ce projet : l'expression de son immense amour pour la Nature... Et si son mari et elle s'offraient plus d'escapades, dans leur propre région pour commencer ? Il y a tant de chemins inconnus à explorer, tant de paysages à découvrir et savourer... Et puis rien ne les empêche de se rendre plus souvent en Dordogne, afin de mieux profiter de ces lieux qu'ils aiment tant. De la présence bienfaisante de leurs amis.

Le lendemain matin, un immense sourire illumine son visage fin. Il est surpris de la voir aussi radieuse.

– Tu connais le livre de Paulo Coelho, l'Alchimiste ? lui demande-t-elle d'un air malicieux.

– Je ne crois pas. Pourquoi ?

– Eh bien, je pense que c'est un peu ce qui nous arrive. Le héros, un jeune berger, part effectuer un long voyage, afin de découvrir un trésor qui se trouve au pied des Pyramides. Après bien des évènements et des haltes dans plusieurs pays, où il apprend beaucoup et rencontre même la femme de sa vie, il arrive jusqu'en Égypte. Et là, un homme lui raconte avoir fait un étrange rêve : celui d'un trésor, enterré exactement sur les terres où broutait autrefois le troupeau du berger. Alors celui-ci rentre chez lui, où en effet, il trouve son trésor.

Et elle lui explique sa nouvelle idée.

Il ferme les yeux un instant, laissant les paroles de sa femme se frayer un chemin jusqu'au plus profond de lui-même. En fait, l'idée de ne plus partir le séduit. Le sécurise. L'enchante même.

– Mais… tu as tout à fait raison ! confirme-t-il avec chaleur. On a tout ici : notre vie, nos

souvenirs, nos parents dans le cimetière… Il suffit de réaménager notre espace de vie à notre convenance. Et comme tu le suggères, de partir ensemble plus souvent à l'aventure !
　　Et il part d'un énorme éclat de rire.

MOI THOMAS, 7 ANS ET DEMI

Moi, Thomas, 7 ans et demi, j'ai trois frères et une sœur. Ma maman, c'est Carine. Elle a eu que moi comme enfant, avec mon papa. Mais ils ont divorcé quand j'avais quatre ans. Divorcés, c'est encore plus que s'ils étaient séparés, comme les parents de mon copain Lucas. Les miens ont dû signer des papiers devant un monsieur important. Papa s'est remarié l'année d'après avec Laëtitia. Maman n'a pas retrouvé de mari et je suis bien content, comme ça elle a tout son temps pour s'occuper de moi.

Ma belle-mère est la maman de Léo, Mathis et Charline, qu'elle avait déjà quand elle a rencontré papa. Moi, je la trouve pas très belle, moins que maman en tous cas, mais c'est comme ça qu'on dit. J'ai remarqué que des fois, elle a le dessous des yeux un peu violets. Et puis l'année dernière, avec papa, ils ont fait un nouveau bébé, Nathan. Maman m'a dit que Nathan est mon vrai demi-frère, mais que les autres sont pas de ma *famille de sang*. Je trouve que c'est bien compliqué. Mon père parle toujours de mes frères et ma sœur, alors même s'ils sont pas tout à fait des vrais, je préfère dire comme lui.

Léo a le même âge que moi et les semaines où je viens chez papa, je dors dans sa chambre, sur un des lits superposés. C'est Léo qui a choisi le sien, celui du haut. J'aurais bien aimé l'avoir, mais Léo dit qu'ici c'est chez lui, pas chez moi, car lui, il habite tout le temps là et pas une semaine sur deux. Parfois, il est pas très gentil avec moi. Je préfère jouer avec Mathis, qui a six ans et demi. Et Charline, sa jumelle, qui nous suit partout, mais comme elle est rigolote, on la garde avec nous. Sauf quand elle va chercher ses poupées et veut leur faire une place au milieu des soldats qui gardent notre château fort. Il faut pas pousser quand-même !

Cette semaine, c'est celle de papa. J'ai préparé mon sac et j'attends sur le canapé qu'il vienne me chercher. J'aurais mieux aimé vivre tout le temps chez maman et aller chez papa et Laëtitia de temps en temps. Mais mes parents ont décidé que c'était mieux pour moi d'habiter une semaine chez maman et une semaine chez papa, à tour de rôle. Ça s'appelle la garde *alternée*. Encore un mot bien difficile à comprendre...

Ici, à Léognan, c'est très calme, il y a la

campagne, tout à côté de chez moi. Je peux aller en VTT jusqu'au Lac bleu. J'enfile mon casque rouge sur mes cheveux blonds qui frisottent comme dit Laëtitia, et je roule en faisant très attention jusqu'à la piste cyclable, devant maman qui me suit avec son vélo. J'adore cet endroit. Je cours, j'escalade, je donne du pain dur aux canards, j'attrape des têtards, je lance des cailloux dans l'eau... L'hiver, je peux même marcher sur le lac tout gelé au bord, mais maman veut pas que j'aille trop loin.

Et puis j'ai ma chambre à moi tout seul dans la maison, et le soir maman vient s'asseoir au bord de mon lit avec un livre. Elle me raconte l'histoire et avant de partir, elle me borde pour que je reste bien au chaud toute la nuit. J'aime tant ce moment.

À Bordeaux chez papa, les enfants vont se coucher tout seuls après un bisou. On entend les voitures qui roulent sur l'avenue et parfois les sirènes du Samu. Le matin, je dois me lever tôt pour aller prendre le bus, car j'ai pas voulu changer d'école. Pour une fois que mes parents ont été d'accord avec moi et aussi entre eux ! C'est que j'ai mes meilleurs copains dans mon école, moi, depuis la maternelle !

L'autre soir après la classe, maman est allée voir la maîtresse, qui avait mis un mot sur mon cahier de textes pour lui donner un rendez-vous. Je me suis bien demandé pourquoi. Je suis en CE1 et je travaille assez bien. Alors, j'ai fait semblant d'aller jouer dans la cour avec les copains qui sont à la garderie, mais je suis resté dans le couloir pour entendre ce qu'elles disaient. J'ai pas tout compris, mais je crois que la maîtresse se plaignait que je sois un peu trop tête en l'air. C'est vrai, je rêve souvent, alors elle m'en sort toujours avec une phrase, qu'elle dit très fort :

– Encore dans la lune, Thomas ?

Là, elle parlait doucement, mais j'ai bien entendu les mots *pas concentré, ne fait pas toujours ses devoirs* et *il faut absolument que Thomas se reprenne*. Se reprenne quoi ? Pas une baffe quand-même ! Papa m'en donne des fois, mais maman jamais. Alors si ma maîtresse lui donne cette idée, je jure que j'écouterai plus du tout ses leçons en classe !

Puis une phrase entière est arrivée jusqu'à mon oreille : *Je vois nettement la différence d'une semaine sur l'autre.*

J'ai regardé dans la classe. Maman avait l'air de Charline quand elle va se mettre à pleurer. Elle a répondu :

– Malheureusement chez son père, je *des plors* qu'il n'y ait pas de règles.

C'est quoi ces mots encore ? Je connais *des pleurs*, c'est vrai qu'il y en a souvent chez mon père avec tous ces enfants, mais ça veut rien dire *je des pleurs* et puis je connais bien la voix de ma mère, et là elle disait bien *des plors* … Les adultes pourraient quand-même parler d'une façon un peu moins compliquée ! Ou alors, c'est peut-être fait exprès, comme un code secret pour que les enfants comprennent rien ? Je me sens un peu mal tout d'un coup et je vais rejoindre les autres dans la cour.

C'est vrai que *chez Pierre et Laëtitia,* comme dit maman, c'est plutôt cool. Ma belle-mère s'occupe beaucoup de Nathan et papa rentre jamais avant huit heures du soir. Je le sais, parce que je regarde la petite aiguille sur la pendule de la cuisine. Bientôt, à la fin du CE1, j'apprendrai à lire l'heure, la maîtresse nous l'a dit. Du coup avec Léo, Mathis et Charline, on joue et on passe plein de temps devant la télé. On met du bazar un peu partout dans le salon. Mais quand papa rentre, il nous demande pas de ranger. Nos jouets les dérangent jamais, Laëtitia et lui. Ils disent que de toute façon si on les enlève, le lendemain il y en a autant et au moins, comme ça, la maison est vivante. On sait qu'on doit juste aller s'amuser dans nos chambres, quand papa prend la télécommande de la télé et qu'il s'assoit sur le canapé en nous faisant un clin d'œil :
– À mon tour maintenant !

En partant, si on tend l'oreille, on peut aussi l'entendre parler à Laëtitia :

– Qu'as-tu préparé de bon pour le dîner, ma chérie ?

Pendant le repas, papa raconte des blagues. Il en connaît plein. Je les comprends pas toujours toutes, sauf celles de Toto. Et après, on se couche jamais avant dix ou onze heures. Souvent, papa et Laëtitia mettent des CD de musique. On pousse dans un coin les jouets qui nous gênent par terre et on danse tous ensemble. Papa dit que les grands ont bien le droit de s'amuser un peu, eux aussi. Au début, il nous demandait d'aller nous coucher, mais la musique nous empêchait de dormir. Alors, avec Laëtitia, ils ont été d'accord pour qu'on reste avec eux. On rit beaucoup et on s'amuse bien. Des fois le matin, je m'endors dès que je suis assis dans le bus. Heureusement, le chauffeur me connaît et il me réveille quand on est arrivés à Léognan.

La sonnerie de la porte d'entrée me sort de mes rêves. Je me lève et je cours ouvrir. Sous la véranda, il vient de refermer son parapluie. Un homme blond comme moi, grand, et qui sourit, en me tendant les bras :

– Papa !

Moi Thomas, bientôt 28 ans, je suis père à

mon tour. Aujourd'hui, j'ai compris que les parents font ce qu'ils peuvent pour leurs enfants, pas toujours ce qu'ils veulent.

Le géant blond de mon enfance a rejoint prématurément les étoiles, qui l'été, illuminent le ciel au-dessus de ma maison. Mais sa lumière continue à éclairer mes jours, la lumière de son amour. De son étonnante fantaisie. De sa gaieté désopilante.

Longtemps après, j'ai fini par comprendre le message que l'institutrice du CE1 adressait à ma mère. Et maintenant, si elle était face à moi, voilà ce que je lui dirais. Oui, j'étais sans doute davantage perturbé les semaines où je vivais à Bordeaux. Oui régnait un joyeux bazar dans la maison et nous manquions de repères, nous les cinq petits dont s'occupait avec peine cette pauvre Laëtitia. Oui j'avais la tête dans la lune en classe et parfois j'y dormais à moitié. Oui mon père rentrait tard et ne s'occupait pas beaucoup de nous. Oui la garde alternée n'était peut-être pas la meilleure solution. Pourtant, malgré une année de retard dans mon cursus scolaire, cela ne m'a pas empêché d'obtenir mon bac pro et de trouver un emploi de plombier chauffagiste. J'ai vécu tout cela et ma vie en a été enrichie. J'ai appris à m'adapter dans une situation pas toujours facile. Et je sais que les adultes ont fait de leur mieux. Alors, je dis : chapeau ! Chapeau les parents, pour ce que vous avez pu faire pour moi. Et je ne vous en veux pas pour ce que vous n'avez pas fait. Les plus beaux arbres ne sont pas forcément ceux qui ont poussé tout droit.

FAMILLE DE CŒUR

Léa est une fille spéciale. Déjà, par son physique, elle ne laisse personne indifférent. Sa chevelure, blond très clair dans l'enfance, a pris dès l'adolescence une teinte argentée. Plus exactement, à l'âge de quatorze ans, après avoir perdu ses parents dans un accident. Pourtant, Léa n'est pas quelqu'un de triste. Bien au contraire, sa gaieté et sa joie de vivre étonnent, forçant le respect de ceux qui l'entourent.

Elle sait que cet état d'esprit exceptionnel, elle le doit à Rose sa grand-mère maternelle, qui l'a élevée après le drame. Une femme extraordinaire. D'une douceur, d'une humanité et d'une compréhension sans pareille. Elle aurait pu décider d'enfouir les souvenirs de sa fille et son gendre, enlever les photos trônant sur la cheminée, opposer un silence farouche à l'insoutenable souffrance. Ou bien se lamenter sur cette perte terrible, injuste et trop précoce qui lui laissait sa petite-fille unique sur les bras. Mais loin de là, son attitude positive, extrêmement courageuse, a sauvé Léa du désespoir. Entraînée jour après jour par Rose, l'adolescente a pu regarder sa douleur en face. Pleurer librement dans les bras toujours ouverts de sa grand-mère. Évoquer les disparus dès qu'elle le souhaitait. Sourire et même rire lors de moments partagés, autour de certains souvenirs amusants. Ne pas oublier, mais peu à peu réussir à accepter ce vide vertigineux, qu'elle savait ne pas être seule à éprouver.

– Tu sais, nous avons eu la grande chance de les connaître, répétait Rose.

Et c'était vrai.

Aujourd'hui, onze ans après, Léa assume depuis longtemps la couleur étrange de ses cheveux. Qui d'ailleurs, s'accordent très bien avec ses yeux gris clair.

– Je n'aimerais pas que ça m'arrive, lui a dit un jour Valentine. J'aurais l'impression d'avoir vieilli d'un coup.

Des propos avoués simplement, avec une totale sincérité. Sans méchanceté aucune. Les deux amies s'entendent suffisamment bien pour se parler ainsi. D'ailleurs, Léa a du mal à se comporter autrement. Elle ne connaît pas la superficialité, ne se sentant à l'aise que dans les relations franches. Directes. Authentiques. C'est pourquoi elle se montre souvent timide en société.

Léa a toujours été bien entourée. Non seulement ses parents et sa grand-mère l'ont nourrie de leur affection, mais elle possède des amis d'enfance, des vrais, toujours présents dans sa vie. Marilou, Valentine et Nicolas.

Marilou et Valentine sont de « fausses » jumelles. Très différentes l'une de l'autre. La première, grande et bien en chair, jouit d'une santé éclatante. La deuxième, beaucoup plus petite, fluette, a de nombreux problèmes de santé. Dont un cardiaque, ce qui n'est pas rien et oblige à des check-up réguliers à l'hôpital. La maladie s'accroche parfois à Valentine comme le lierre à un arbre fragilisé. Cette différence entre les deux jeunes femmes paraît curieuse, un peu comme si Marilou avait pris à sa sœur des capacités vitales. Mais qu'y faire ? C'est ainsi. Grâce à Rose, Léa a acquis une faculté rare à son âge, celle de prendre les choses comme elles viennent. Sans se poser d'interminables et inutiles questions.

Lorsque Léa est arrivée en Dordogne pour habiter chez sa grand-mère, les jumelles l'ont suivie dans sa scolarité. Même collège, même lycée à Bergerac. Tout comme Nicolas, le fils du boulanger du village. Un garçon gentil, sensible, qu'elles adorent toutes les trois. Ils forment ensemble un groupe très soudé. Et pour Léa, sa famille de cœur.

Car Rose a quitté ce monde elle aussi, deux ans auparavant et la jeune femme ne se sent pas d'affinités avec les autres membres de sa famille, oncles, tantes et cousins, qui d'ailleurs habitent tous loin.

– Allez viens Figaro !
Le vieux labrador noir, qui somnole sous la table de la cuisine, se lève aussitôt. Il aime accompagner sa jeune maîtresse dès qu'elle sort de la maison. Une bassine pleine d'eau dans les mains, Léa se hâte vers le poulailler. Tous les matins, elle apporte de l'eau fraîche dans l'abreuvoir, des épluchures de légumes et des graines à la basse-cour. Principalement du maïs, comme le faisait Rose.

Naturellement, après son bac, elle a choisi de continuer à aider sa grand-mère à la ferme. Et maintenant, c'est elle qui s'en occupe toute seule. Oh, ce n'est pas une grosse exploitation. Juste un grand potager bio et une vingtaine de poules pondeuses. Avec le vieux break de Rose, elle se rend chaque jeudi sur la place du village, ainsi que le samedi matin au marché de Bergerac, à une demi-heure de là, pour vendre les légumes, les herbes aromatiques et les œufs. Ça ne lui rapporte pas beaucoup, mais elle est habituée à vivre chichement. Et puis elle a choisi son avenir en toute connaissance de cause, ne souhaitant pas quitter ce bourg de Dordogne, où tout le monde la connaît, et où vivent encore Valentine et Nicolas. Ce dernier a repris la boulangerie de son père. Pour sa part, Valentine galère de job en job, mais ne veut pas partir d'ici non plus. Heureusement que sa mère, divorcée, est restée au village et l'aide à élever Maël, son petit garçon. Car Valentine était bien jeune quand elle a donné naissance à son fils, elle venait tout juste de fêter ses dix-neuf ans. Le père était un garçon de sa classe de terminale, qui s'est moquée d'elle quand elle lui a annoncé qu'elle était enceinte.

– Tu te donnes à tous ceux qui le veulent bien, alors pourquoi ce serait moi le père ?

La jeune fille n'a pas insisté ; il y avait du vrai dans ce qu'il disait. Pourtant elle avait bien calculé, et pour elle ne subsistait aucun doute. Mais elle ne se voyait pas lier son destin à quelqu'un de lâche et irresponsable, ne serait-ce que par l'intermédiaire de son enfant. Quant à l'autre jumelle Marilou, elle a vécu pas mal d'aventures elle aussi, mais a dû mieux se protéger. Nul enfant n'est encore venu fleurir sa vie. Maintenant, elle habite à Bergerac, où elle a trouvé un bon emploi de secrétaire médicale et vit en appartement.

Il fait un temps splendide et Léa se promène avec ses trois amis au bord de leur rivière, la majestueuse Dordogne. Alors qu'ils sont assis sur la berge herbeuse, se reposant un moment, un puissant feutrement de soie interrompt leur joyeuse conversation. Ils lèvent ensemble les yeux. Un couple de cygnes blancs, à grands battements d'ailes, passe à quelques mètres à peine au dessus de leurs têtes. Il se dirige droit vers la colonie sauvage, peuplant la Dordogne à cet endroit. Plus de deux cents cygnes tuberculés, évoluant entre les communes de Couze et Mauzac, qui viennent nicher là tous les étés. Se posant avec grâce parmi les tapis de renoncules en fleurs qui recouvrent l'eau et les libellules vibrionnantes d'un magnifique bleu indigo. Ce spectacle saisissant émerveille toujours Léa. Elle inspire une grande goulée d'air.

– Mon dieu, comme c'est bon d'être vivant ! murmure-t-elle doucement.

Ses amis lui sourient tendrement.

– Et comme c'est bon de t'avoir pour amie, lui répond Marilou du tac au tac. Tu sais si bien profiter des bons moments, que tu saurais dérider les plus coincés !

Ils éclatent de rire et en repartant, la blonde et plantureuse jumelle se met à fredonner, prenant Valentine par le bras, tandis que Nicolas fait de même avec Léa.

La jeune femme n'a pas d'homme dans sa

vie. Elle a bien connu plusieurs amants, mais aucun n'a su lui procurer le frisson qu'elle attend. Pas l'extase, elle n'en demande pas tant, mais elle veut connaître l'amour. Les étoiles qui brillent dans les yeux de l'autre quand il vous regarde, les gestes qui se colorent de tendresse, la complicité de tous les jours, l'échange véritable d'égal à égal. Ce sont les beaux souvenirs simples qu'elle conserve de ses parents.

Il faut dire que dans son cas, ce n'est pas facile. Elle voudrait rencontrer un homme qui accepte de vivre à la ferme, car il est hors de question pour elle d'en partir. Et elle doute un peu que cet oiseau rare existe.

Ses amis se trouvent également dans la même situation. Seul, Nicolas a déjà été marié, mais sa femme et lui se sont séparés au bout d'une année. Léa pense qu'il a dû être heureux au début de son union. Un joli feu de paille, certainement, mais qu'elle n'envie pas.

Valentine a demandé à la jeune fermière si elle pouvait garder Maël pendant trois ou quatre jours. Elle travaille depuis peu dans un café restaurant de la région, en tant que serveuse. Malheureusement, sa mère est hospitalisée pour des examens.

Bien sûr, Léa a accepté tout de suite. Dans sa famille de cœur, ils sont tous solidaires. Il ne viendrait à aucun d'entre eux l'idée de refuser un service. Et puis Maël est si mignon avec sa bouille craquante, son nez en trompette constellé de tâches de rousseur comme celui de sa mère, ses yeux bleus et ronds, ses sourires charmeurs et ses mots de petit garçon. Mais c'est la première fois qu'il va rester dormir à la ferme et la jeune femme espère que tout se passera bien.

L'enfant est ravi. Accompagner sa marraine Léa au poulailler pour y trouver les œufs, s'apparente chaque fois pour lui à une chasse au trésor. Il adore aussi jeter à la volée de grandes poignées de grains de maïs, s'amusant de voir les poules se précipiter toutes dessus, dans un beau vacarme. Figaro ne le quitte pas d'une semelle. Il s'est pris d'une affection sans limite pour le garçonnet. L'après-midi, Léa installe une couverture sur l'herbe, à l'ombre du grand tilleul. Elle sait qu'elle peut être tranquille : le vieux chien se couche tout de suite contre son protégé et le veille de son regard doré. Maël lui tient de grands discours, que le labrador a l'air d'approuver en clignant des paupières. Il laisse l'enfant lui grimper sur le dos et lui prouve son amitié à grands coups de langue, qui font rire le petit garçon aux éclats.

Le premier soir, après avoir couché Maël dans l'ancienne chambre de Rose, Léa a la surprise de l'apercevoir peu après, en haut de l'escalier qui mène à la salle principale, où elle lit près de la cheminée.

— Mais... tu ne dors pas ? lui demande-t-elle gentiment.

L'enfant se frotte les yeux.

— Figaro ! réclame-t-il d'une petite voix.

— Tu veux qu'il dorme avec toi dans la chambre ?

Et voyant l'immense sourire de son filleul, elle comprend qu'il n'est pas très rassuré et que Figaro saura chasser pour Maël tous les fantômes.

Valentine vient rechercher son fils au bout de trois jours. Sa mère est rentrée de l'hôpital : rien de grave à l'horizon. Tous les soirs vers dix-sept heures, l'amie de Léa est passée faire un bisou à son garçon, avant de prendre son service. Apparemment, son patron semble content d'elle, la période d'essai se déroule très bien.

Elle accepte une tasse de thé parfumé à la menthe du jardin, pendant que Maël termine ses câlins à Figaro sous le tilleul. Comme deux gamines, les amies papotent et pouffent à tout propos.

Soudain, une question de Valentine cloue Léa sur place.

— Bon alors, tu comptes te décider quand

pour Nicolas ?

– Comment ça ?

– Ben... vous n'allez quand-même pas passer à côté d'une belle histoire ?

Léa reste sans voix. Intérieurement, elle revoit les yeux de son ami qui savent se faire si doux. Se pourrait-il... ?

– Tu crois ? demande-t-elle au bout d'un moment.

– Non... Tu ne vas pas me dire que tu ne t'en es jamais aperçu ?

Valentine se met à rire franchement devant l'étonnement de son amie.

– Il t'a toujours regardée avec des yeux de merlan frit, Léa ! Il est amoureux de toi depuis le collège. Pauvre Nicolas, tu l'impressionnes tellement qu'il n'ose pas se déclarer. C'est flagrant, Marilou et moi nous en plaisantons souvent. Mais c'était plutôt une boutade tout-à-l'heure, j'étais certaine que tu le savais et ne voulais pas donner suite ! Désolée de te perturber ma puce...

– Mais... il s'est bien marié avec une autre pourtant !

– Et alors ? Tu as vu combien de temps ça a duré ? À mon avis, elle lui a mis le grappin dessus, mais il ne l'aimait pas. Pas autant que toi en tout cas.

Valentine se lève, va vers Maël, qu'elle détache doucement de son compagnon.

– Allez mon grand, il faut y aller. Tu le retrouveras bientôt ton Figaro, va !

Léa a passé la nuit et la journée suivante à songer à Nicolas. Bien sûr, elle l'adore et il s'invite souvent dans ses pensées. Elle se confie volontiers à lui, c'est d'ailleurs vers lui qu'elle va toujours en premier lorsqu'elle a du chagrin. Elle aime être assise près de lui, poser sa tête sur l'une des épaules larges. Elle s'y sent parfaitement en sécurité. En harmonie. À vrai dire, elle a senti ses joues s'empourprer parfois, lors de certains regards appuyés de son ami ou de bises un peu trop près des lèvres, mais elle a su chasser son trouble en riant. Et puis, elle doit bien se l'avouer, c'est un très bel homme, Nicolas. Une haute stature, un regard noisette pétillant derrière ses fines lunettes, un sourire désarmant qui doit faire craquer bien des filles.

Il faut qu'elle en ait le cœur net. En fin d'après-midi, elle se rend à pied à la boulangerie. Celle-ci se trouve à l'entrée du village, à même pas un kilomètre de la ferme. Léa sait que Nicolas dort quelques heures après le déjeuner, mais qu'il reprend le travail dès seize heures. Le rythme d'un boulanger est vraiment particulier et elle le trouve son ami très courageux. L'idée ne l'a jamais effleurée qu'elle aussi, dans sa façon de vivre, fait preuve d'un grand courage.

Nicolas habite l'ancien logement de ses parents, qui se trouve juste au-dessus de la boutique. Eux sont partis depuis quelques années, vivre leur retraite dans le Sud. À peine a-t-elle sonné, que Nicolas met le nez à la fenêtre. En reconnaissant Léa, ses sourcils se froncent d'un coup, il arbore un air anxieux.

– Il y a un problème à la ferme ?

Elle lui sourit pour le tranquilliser.

– Non non, tout va bien.

Il descend les escaliers quatre à quatre. Ouvrant la porte, il dépose un léger baiser sur les cheveux gris de Léa, puis lui fait signe de le précéder.

Ils sont tous deux assis sur le vieux canapé de cuir du salon. Léa rougit un peu, mais elle se lance :

– Dis, j'aimerais savoir... C'est vrai que pour toi, je suis davantage qu'une bonne copine ?

Nicolas garde un instant le silence. Enfin, ses yeux se plantent droit dans ceux de son amie.

– Oui, c'est vrai, mais je n'ai jamais eu le courage de t'en parler. C'est plutôt ridicule un meilleur ami amoureux, non ? demande-t-il de sa voix grave, altérée par l'émotion.

Comme la jeune femme ne répond pas et lui sourit doucement, il l'attire contre lui. Elle se réfugie contre la poitrine chaude.

Lorsque leurs lèvres se joignent, Léa se rend compte qu'elle n'entend plus rien, ne sent plus rien que leur goût sucré et la chaleur du désir qui l'envahit. Ils s'embrassent avec avidité, longtemps. Puis Nicolas passe sa main douce sous le pull de sa compagne, caressant les petits seins ronds et fermes, qu'il avait devinés libres. Son envie se fait impérieuse. Il presse sa bouche contre l'oreille recouverte de cheveux argentés et demande, malicieux :

– Si on faisait un petit copain pour Maël ?

LA MÈRE DE CORALIE

Coralie ouvrit la porte. Une femme d'un certain âge se tenait sur le seuil, une valise à la main. Petite et un peu forte, elle était très maquillée. Des mèches de cheveux frisés teints en blond cendré dépassaient sous un grand chapeau.

– Bonjour maman. Je ne t'attendais pas avant ce soir, j'étais en train de finir le ménage.

La jeune femme s'avança pour embrasser sa mère, mais celle-ci pénétrait déjà d'un pas alerte dans l'appartement.

– J'ai pris le train précédent, j'avais hâte de partir. Ton père devient vraiment assommant. Je le supporte de moins en moins bien.

Coralie leva les yeux au ciel. Encore ces querelles idiotes qui rythmaient le quotidien de ses parents. Comment pouvaient-ils donc vivre ensemble en se chamaillant sans cesse ? Elle poussa du pied l'aspirateur qui gênait dans l'entrée et se tourna vers sa mère.

– Tu veux boire quelque chose ? Il me reste du thé de Ceylan à la rose que tu aimes bien.

– Non merci, je n'ai pas soif. Tu sais que ton frère vient d'obtenir une promotion ? Magali m'a téléphoné. Ils vont acheter un appartement à Cannes sur la Croisette : cent cinquante mètres carrés, avec vue sur la baie, piscine et tennis privé dans la résidence.

En évoquant son fils, le visage d'Amelia s'était transformé. Un sourire béat s'étalait sur son visage ingrat. Cependant son expression se modifia tout aussi vite, retrouvant son aspect revêche, alors qu'elle détaillait d'un œil sans indulgence le petit appartement loué par sa fille en banlieue parisienne.

– Lui, au moins, il a réussi !

Coralie s'efforça de ne pas relever la réflexion. Le logement était modeste certes, mais lumineux et bien situé, tout près d'un grand parc. Il convenait parfaitement à la jeune femme. Et puis, si sa mère pouvait se montrer parfois méchante, il suffisait de ne pas offrir de prise à ses mots malveillants. Inutile de mal commencer ce court séjour, pendant lequel elles se verraient très peu de toute façon. Comme à chaque fois.

Du plus loin que Coralie se souvienne, il en avait toujours été ainsi. Amelia Lacoste ne voyait que son fils. Il était pourvu de toutes les qualités, avait eu droit aux meilleures écoles et restait celui dont on pouvait être fier. Dans leur famille traditionnelle, la naissance d'un garçon était ce qui pouvait arriver de mieux. Le petit Benoît, né à peine un an après sa sœur, avait représenté le cadeau du ciel tant espéré.

Heureusement, de son côté, Martial n'avait jamais rejeté Coralie. Il aimait tendrement sa fille, même s'il n'était pas très démonstratif. Comme il le racontait parfois, il avait été élevé dans une famille où on ne montrait pas ses sentiments. On restait pudique, on ne les dévoilait pas. Mais la douceur, les sourires chaleureux de Martial parlaient pour lui. C'était un homme gentil et faible, qui se laissait dominer par sa femme. Une sorte d'équilibre dans leur couple, que Coralie avait toujours eu du mal à comprendre.

Devenue adulte, elle avait dû effectuer une psychothérapie, afin de se débarrasser du malaise dû à ses frustrations d'enfance. Dans ses relations avec les autres, un arrière-goût amer de sentiment d'infériorité lui pourrissait la vie depuis toujours. Bien sûr, il y avait la différence flagrante qu'affichait Amelia entre ses deux enfants, mais il avait fallu que Coralie remonte à l'enfance de sa mère, pour comprendre enfin que celle-ci ne savait pas aimer. Elle n'avait pas appris. Même envers son fils, elle manifestait de l'admiration, mais pas d'affection. « Donnée » à l'âge de un an par ses parents à une vieille tante qui n'avait pas d'enfant, la petite fille de cette époque n'avait reçu aucune véritable tendresse. Cette pratique ignoble était courante autrefois en Espagne, dans les familles pauvres. Car un bébé placé représentait une bouche de moins à nourrir. Personne ne réalisait alors combien l'enfant en souffrirait, combien son droit au bonheur en serait amputé pour la vie entière.

Amelia avait enlevé ses chaussures à talons hauts et s'était installée dans un fauteuil, devant la petite baie vitrée. Coralie arrangea plusieurs coussins sur le canapé, avant de s'asseoir à son tour. Elle avait elle-même décoré l'ensemble, dans des tons gais orangé, jaune et vert anis.

Auprès de sa mère, la jeune femme ne ressentait désormais ni colère, ni désarroi, ni souffrance, comme cela avait été le cas durant de longues années. Son travail sur elle-même lui avait apporté une autre perception, une sensibilité nouvelle. Elle avait découvert la Compassion. Avec un grand C. Gratuite. Bienveillante. Elle n'en voulait plus à Amelia, qui derrière une apparence mûre, était toute desséchée à l'intérieur.

Après un moment de silence, Coralie reprit la conversation.

– Qu'as-tu prévu de voir à Paris ce week-end ? Une pièce de théâtre, une exposition ?

Sa mère venait de temps en temps lui rendre visite, mais elle ne se faisait pas d'illusion, c'était parce qu'elle habitait près de la capitale. Ici, Amelia pouvait trouver les plaisirs qui lui manquaient tant chez elle, en Corrèze. Le shopping, le cinéma, les spectacles, elle n'était jamais rassasiée. Elle avait certainement fait l'erreur de sa vie en épousant Martial, un Corrézien très attaché à son terroir.

Elle répondit à sa fille avec une évidente gourmandise.

– J'ai réservé deux places pour demain soir à l'opéra Bastille. On y joue la Traviata. Je mettrai mon tailleur gris perle. Tu vas voir, je me suis acheté une paire de boucles d'oreilles extraordinaires pour aller avec.

Coralie soupira. Elle voulait bien se montrer agréable, mais il y avait des limites. Décider ainsi de son emploi du temps en était une à ne pas franchir et sa mère le savait très bien.

– Écoute maman, tu aurais dû m'en parler avant. En ce moment je suis fatiguée avec la fin du trimestre, j'ai vraiment besoin de rester tranquillement chez moi, bien au chaud dans mon lit avec un bon livre…

Amelia grimaça et son visage, qu'elle s'attachait à garder jeune grâce à des crèmes et des sérums sophistiqués, accusa soudain une cinquantaine bien entamée.

– Ah non, tu ne vas pas me refaire le coup ? Avec ton frère et sa femme, il n'y a jamais de problème ! On sort presque tous les soirs et je m'amuse comme une folle !

Coralie soupira à nouveau. Elle connaissait les arguments de sa mère par cœur. Elle prit le temps de libérer sa longue chevelure rousse, relevée par une pince pour le ménage et de la secouer avec volupté. Puis ses yeux ambrés se reportèrent sur Amelia.

– Tu sais bien que Benoît et Magali n'ont pas du tout les mêmes goûts que moi. Ils aiment « mener la grande vie », comme tu dis. D'ailleurs, même si je le voulais, je ne pourrais pas me le permettre. Un professeur n'a pas le même salaire qu'un banquier. Et puis je viens de te l'expliquer, c'est la période des conseils de classe, j'ai une tonne de copies à finir de corriger. Sans compter les bulletins des élèves à remplir. Le soir, je n'aspire qu'au repos.

Amelia afficha une moue déçue.

– Tu n'es pas drôle. On dirait ton père. Enfin, la prochaine fois je ne te prévoirai pas dans mon programme. Tant pis pour toi.

Elles n'attendaient ni l'une ni l'autre le miracle et pourtant, il se produisit ce soir-là. Amelia Lacoste, d'un air très grande dame malgré son maquillage défraîchi et sa robe froissée par le voyage, se dirigeait d'une allure digne vers la chambre qui lui était réservée, afin de défaire sa valise. C'est alors que les mots d'une simple phrase prononcée à mi-voix, l'atteignirent au plus profond :

– Et pourtant je t'aime.

La femme autoritaire, égoïste, froide, qu'Amelia était peu à peu devenue, sentit vaciller quelque chose en elle. Personne ne lui avait jamais dit ces mots, pas même son mari. Dans un éclair fulgurant de lucidité, elle réalisa combien elle les avait espérés toute sa vie. Depuis longtemps, elle ne les attendait plus.

Elle revint lentement vers sa fille, vit que les yeux d'or étaient noyés de larmes contenues. Alors Amelia s'assit sur le canapé auprès d'elle et cachant son visage entre ses mains, elle se mit à sangloter.

Après une hésitation, Coralie prit sa mère dans ses bras.

Quand les pleurs furent moins abondants, Amelia se dégagea de l'étreinte et tendit une main qui tremblait un peu, vers les cheveux flamboyants. Elle se mit alors à les caresser doucement, en murmurant :

– Oh ma petite fille…

Peut-être une nouvelle relation allait-elle pouvoir commencer.

LE BON MOMENT POUR ÉCRIRE

Pourtant ce matin en me levant, tout avait si bien commencé. J'avais une ribambelle d'idées en tête, à inscrire sur la page blanche de mon traitement de texte. Parfois, dès le réveil, l'inspiration est au rendez-vous. En amenant ma tasse de café dans mon bureau, je me réjouissais de ce long moment rien qu'à moi.

J'ai tapé l'incipit du nouveau chapitre de mon roman: *En plus, il pleut*. J'étais contente de ma trouvaille ; en quatre mots, je laissais entendre que mon personnage se trouvait en pleins tourments. Évidemment, j'ignorais encore qu'à l'image de mon héroïne, ma matinée supposée sereine ne ressemblerait pas du tout à l'idée que je m'en faisais.

Soudain, le téléphone portable s'est mis à sonner. J'ai soupiré, tenté de me souvenir de l'endroit où j'avais pu le poser hier soir. Certainement sur le coin du buffet dans la cuisine. J'ai couru, dérapé sur la souris mécanique de notre chat Pruneau, qui traînait dans le couloir, me suis rattrapée in extremis au chambranle de la porte. Ouf, plus de peur que de mal. L'appareil affichait un message vocal de mon amie Romane, qui appelait pour prendre des nouvelles. Bon, rien de grave, je la joindrais un peu plus tard.

Pourquoi ai-je toujours cette appréhension quand mon portable sonne ? Oui les parents se font vieux (*quatre-vingt-cinq ans dans dix jours papa quand-même!*) mais ils ne sont pas malades. Au contraire, ils semblent plus en forme que moi, qui galère comme une folle à arrêter l'antidépresseur dont je n'ai plus besoin, à cause de ce satané effet de sevrage. Oui Pauline est partie en scooter au lycée ce matin mais elle s'est toujours montrée prudente. Alors ? Il n'y a absolument aucune raison majeure à l'annonce d'un malheur imminent. Je me suis sermonnée intérieurement : *Tu es trop émotive ma vieille*.

Je me suis replongée avec plaisir dans mon ouvrage. La nuit dernière, pendant un moment d'insomnie, j'"avais pu longuement y réfléchir, dénichant des idées prometteuses, ainsi que les premières phrases de mon chapitre. Aussi là, devant l'ordinateur, les mots venaient tout seuls. C'est toujours ce moment que je préfère. Quand les phrases coulent directement de mon cerveau à mes doigts agiles et se forment sur l'écran de l'ordinateur au fur et à mesure de ma pensée. Une continuité fluide dans la création. Cette sensation m'apaise chaque fois. Comme si les mots serrés, se poussant les uns derrière les autres, pressés de naître, trouvaient le juste espace pour se poser, prendre naturellement leur place et s'épanouir. Il suffit d'amorcer en somme.

Après ma séance d'écriture, pas besoin de forcer, je savais que les idées continueraient à venir, tranquillement, à leur propre rythme. Il fallait simplement être présente, attentive, pour les écouter délivrer leur message, les laisser exister. Plus tard, ce soir ou bien demain, elles s'ordonneraient peu à peu sous mes doigts et les phrases deviendraient vivantes. Je n'aurais plus qu'à les ciseler par la suite.

– Oh… oh ! Il y a quelqu'un ?

J'ai relevé la tête. Aucun barrage dans le flot régulier des mots ? Enfin… presque. Je commençais à me sentir agacée.

– Oui oui je suis là !

En sortant du salon, je me suis heurtée à Guillaume, notre voisin, qui arrivait en sens inverse, les bras lourdement chargés d'une grosse imprimante.

– Désolé Clémentine, je viens voir Paul, il m'a dit qu'il ne travaillait pas ce matin et qu'il pourrait me dépanner.

Je me suis forcée à sourire aimablement :

– Il doit être dans son bureau, tu peux y aller !

Et pivotant sur mes mules d'intérieur, j'ai fait un impeccable demi-tour, comme si je m'étais entraînée pour une représentation de majorettes.

Avec un nouveau soupir, je me suis rassise, ai replacé derrière l'oreille une mèche brune qui me tombait devant les yeux, ai relu les derniers mots que j'avais tapés.

Physiquement, je dois dire que mon héroïne ne me ressemble pas du tout, elle est même un peu mon contraire : grande et mince comme une asperge, blonde aux cheveux courts. J'ai ri toute seule : *et en plus, même pas bête ma vraie blonde !* Replongée dans mes idées, je me suis remise à écrire.

Après être passé et repassé plusieurs fois sous le bureau entre mes jambes, Pruneau a fait entendre un long miaulement. Je savais ce que cela signifiait : il demandait à sortrer. Un verbe que Paul a inventé exprès pour lui et qui lui va comme un gant. Cela veut dire : sortir et entrer toutes les cinq minutes. En ceci, notre chat ne diffère pas de ses semblables, du moins ceux qui comme lui, ont la chance de vivre dans une maison possédant un jardin. Mais ce matin, pour moi qui tentais de me concentrer sur mon travail, ce manège habituel devenait horripilant.

Je venais à peine de terminer le premier paragraphe, que mes narines se sont mises à palpiter, incommodées par les effluves d'une odeur bien caractéristique. Sans aucun doute, ça sentait le brûlé ! Au même instant, en prime, des éclats de voix furieux ont troué le silence, dominant un bruit de vaisselle entrechoquée et d'eau coulant à grand débit. Paul et Guillaume faisaient un raffut du diable dans la cuisine. C'est à ce moment-là que j'ai craqué.

J'ai déboulé dans la cuisine comme une furie :

– Non mais c'est pas vrai, je rêve ! On ne peut pas être tranquille quelques minutes dans cette baraque !

Notant les mines dépitées de mon mari et de notre voisin, qui venaient visiblement de faire cramer la casserole contenant le café à réchauffer, je ne me suis même pas excusée. Découragée, je me suis laissée tomber sur une chaise et me suis mise à pleurer.

Paul et Guillaume ont été adorables, ils m'ont consolée de leur mieux et ont refait du café frais, dont ils m'ont proposé une tasse. Mais mes questions n'en sont pas moins demeurées cruciales. Comment font donc les autres écrivains ? Comment parviennent-ils à conjuguer vie de famille et écriture ? Pourtant, nous ne sommes que deux adultes, une ado et un chat à vivre ici. Et il ne me semble pas être si exigeante que ça. J'ai juste besoin AU MINIMUM d'un peu de calme !

Je ne peux m'y remettre qu'en fin d'après-midi. Mon mari est parti chez un client, ma fille fait ses devoirs dans sa chambre avec Pruneau en boule sur son lit, le voisin a récupéré l'imprimante et le téléphone portable est éteint. Tout cela laisse présager une petite heure tranquille. Pour profiter de la douceur de la soirée, j'ai ouvert les grandes baies vitrées du salon, donnant sur le jardin. On entend des pépiements gais, mais ce genre de bruits ne m'a jamais dérangée. D'ailleurs, dès que les beaux jours arrivent, j'adore m'installer dehors à la table du jardin, avec quelques feuilles blanches et mon stylo encre fétiche signé Ben.

A vrai dire, depuis quelque temps, je préfère utiliser l'ordinateur. C'est tellement pratique. Non seulement je peux peaufiner mes phrases, effacer sans rature, mais j'enregistre tout mon travail et navigue ainsi aisément d'un chapitre à un autre. Et puis je ne me prive pas de rechercher toutes les informations dont j'ai besoin, sur cette fantastique encyclopédie nommée Google, pour revenir ensuite à mon texte et le sculpter à ma guise. Un peu comme un visage, qui émergerait lentement d'un bloc de marbre brut. Dégrossi avec masse et burins, affiné à petits coups précis, caressé, poli passionnément par l'artiste qui apprivoise les formes, les détails du nez ou du sourire. En sculpture, on appelle ça « la taille directe ».

Pendant le repas du soir, je me retrouve en tête à tête avec Paul, notre fille ayant été invitée chez sa meilleure amie. Mon mari vient gentiment aux nouvelles :
– Alors finalement, tu as pu continuer à écrire ton chapitre ?
– Non sans mal, mais j'ai réussi à m'y mettre.
– Où en est ton intrigue ? Je me souviens d'une jolie blonde, aimant faire la fête…
– Oui, c'est Emma, mon héroïne. Là, elle patauge en pleine période noire. Mais elle va bientôt se retrouver embarquée dans une soirée entre amis qui va changer sa vie.
Paul me sourit malicieusement.
– Tu me la présenteras ?
Je lui lance un clin d'œil éloquent.
– Quand tu veux mon grand !
– Elle est libre au moins?
– Justement non, elle vient de rencontrer un grand baraqué qui fait du judo.
Paul prend un air effondré.
– Non, tu ne m'as pas fait ça ? Je ne vais jamais faire le poids moi, avec mes biceps de grenouille!

Nous éclatons de rire tous les deux. J'adore quand mon homme s'intéresse à ce que j'écris. Nous pouvons tout aussi bien en plaisanter qu'en parler très sérieusement. Paul croit en mon talent d'écrivaine et cela me fait un bien fou.

Ma grogne de ce matin a complètement disparu. C'est si bon de vivre entre eux deux : ma fille et mon mari, tous deux pleins d'humour, tendres et chaleureux envers moi. Ce qui n'exclut pas les coups de gueule comme celui d'aujourd'hui évidemment, ni les soucis, les déceptions, les tristesses, les angoisses. La vie, quoi. Mais bien enracinée dans une famille aimante, que je suis heureuse d'avoir contribué à créer. Une famille qui me soutient, me donne la force et la joie de me lever chaque matin. Et en fait, le reste… le reste n'a pas tellement d'importance.

L'AMI D'EDGAR

Jamais je n'aurais imaginé que ma vie serait aussi palpitante. Tumultueuse Passionnante. Tout ça, c'est grâce à Edgar. Un grand Anglais roux qui ne paye pas de mine, les cheveux hirsutes et toujours vêtu à la diable.

En réalité, au fond de mon cœur, il est pour moi bien plus qu'un ami. Il représente ma seule famille. Et de vous à moi, je vous le confie dans le plus grand secret, l'Amour de ma vie. Avec un grand A. Ne vous moquez pas de moi, le coup de foudre existe vraiment. J'en suis la preuve.

Edgar a toujours ignoré les sentiments que je lui porte. Je n'ai jamais pu les lui dévoiler. Son amitié m'est si précieuse et j'ai tellement peur de la perdre. Quant à ma vie sans lui, je ne peux même pas l'imaginer.

La première fois que je l'ai vu, c'était en Australie, mon pays d'origine. Je ne savais pas que cette rencontre allait changer le cours de ma vie. J'étais tout jeune alors et lui déjà un homme mûr. D'emblée, il m'a séduit avec son regard franc et direct. Des yeux d'un bleu clair incroyable. Limpides et rieurs à la fois. Quand on les a vus une fois, on ne peut plus les oublier.

De la pièce voisine où je me trouvais, j'ai d'abord entendu le carillon de la porte d'entrée. Puis une voix particulière, un peu rocailleuse, avec un timbre chaud, très grave. L'homme expliquait à Mr Simpson, mon patron, qu'il voulait rencontrer les communautés sauvages d'aborigènes dans l'Outback, cette contrée aride et inhospitalière où la terre se colore de rouge et où la pluie ne tombe presque jamais. Il a parlé un bon moment. Je n'étais pas encore habitué à son fort accent british, alors je n'ai pas tout compris. Mais suffisamment quand-même pour savoir qu'il transporterait des appareils photo un peu encombrants. Et aussi qu'il avait besoin d'un compagnon endurant pour l'accompagner dans sa longue expédition.

Le voyageur était vraiment bavard, il a expliqué que son métier consistait à courir le monde et à le photographier. Tout d'abord, j'ai cru avoir mal entendu. Ça existe, un boulot pareil ? Eh bien oui figurez-vous! Ça s'appelle photographe voyageur. Il était l'un de ces types vernis. Talentueux en plus ! Ses clichés, des portraits surtout, avaient un succès fou. Un célèbre magazine les lui achetait les yeux de la tête. Mais ça, je ne l'ai su que plus tard.

Mr Simpson a dit à son client de patienter et il est venu me chercher. Avec son regard d'aigue-marine, l'homme m'a rapidement jaugé et m'a adressé un sourire chaleureux. Ça m'a réchauffé en dedans et j'ai prié pour être celui dont il était venu chercher les services auprès de mon patron. Puis, comme s'il revenait sur sa première impression favorable, il m'a observé à nouveau longuement en silence. Je peux vous dire que j'ai éprouvé alors un véritable instant de panique. Une ride profonde s'était creusée sur son large front parsemé de tâches de rousseur et il a demandé:
– Vous croyez qu'il sera assez résistant ?

Il est vrai que je suis assez mince, pas très grand mais costaud malgré les apparences. Et puis je tolère parfaitement les rudes conditions climatiques de notre Outback. En autochtone parfait, mes cellules renferment la mémoire de l'écrasante chaleur dans ces immenses plaines fascinantes, brûlées par le soleil, traversées par des hordes de kangourous sauvages.

Mr Simpson ne s'est pas démonté. Il a vanté mes qualités avec enthousiasme. Au bout d'un moment, l'homme a hoché la tête, puis il a conclu :
– OK, je vous crois, et ils ont topé là.

Dès ce tout premier périple, sous le ciel

infini de mon île, j'ai compris que je l'aimais éperdument. Lui. Cet homme-là. Edgar. D'un amour pur, puissant, qui prenait chaque jour davantage d'ampleur.

Lorsqu'il posait sa main douce sur ma peau jeune et lisse, ambrée, je ressentais un trouble délicieux m'envahir. J'aimais imaginer que c'était une caresse furtive. Le contact de ses longs doigts fins me faisait chavirer de plaisir. Sans compter qu'étrangement, j'avais tout de suite adoré l'odeur spéciale un peu salée, épicée, que dégageait sa tignasse fauve. Je la humais discrètement avec délices, je m'en imprégnais, c'était pour moi le plus suave, le plus merveilleux des parfums. Mais ça, il ne l'a jamais su. Au fil des années, cela a été mon secret, mon tourment.

Cette expédition parmi les aborigènes a permis à Edgar de commencer à s'attacher à moi, lui aussi. Son affection, sincère, s'est approfondie au fil du temps et ne s'est jamais démentie. Aujourd'hui, je suis pour lui le compagnon précieux et irremplaçable avec qui il adore partager son goût immodéré des voyages.

– Allez mon vieux, on est repartis ! me lance-t-il à chaque fois, avec ses yeux clairs qui pétillent et sa voix grave pleine de chaleur. J'accepte que notre relation n'aille pas plus loin. C'est déjà merveilleux d'avoir la chance de côtoyer un homme pareil.

Après l'Australie, je l'ai accompagné dans beaucoup de ses déplacements. Dès qu'il le souhaitait, j'étais là, disponible, à son service. Prêt à m'adapter, à le suivre dans ses nouvelles explorations, ses itinéraires parfois un peu farfelus. Ne le contredisant jamais, ne me plaignant pas, même lors des interminables stations dans les aéroports. Lui démontrant à chaque fois combien il s'était trompé sur mon compte quand il m'avait cru peu résistant : jamais fatigué, jamais malade et en plus du soleil torride, supportant sans broncher les pluies violentes, le froid que nous avons connus lui et moi à travers le monde.

Je me suis souvent demandé pourquoi je m'étais mis à aimer quelqu'un d'aussi différent de moi. Edgar n'a jamais caché son goût prononcé pour les femmes. La jalousie m'a souvent taraudé. J'aurais volontiers crevé les yeux de celles qui le regardaient avec amour ou simplement envie et dont il entourait les épaules de son bras musclé.

Car dans sa vie, il a eu un beau succès ce diable d'Edgar, malgré son allure négligée. Il faut reconnaître qu'en plus de la célébrité, il possède un charisme fou. Et puis c'est un intarissable bavard, mais ses propos ne sont jamais dénués d'intérêt. Les femmes adorent l'écouter parler de ses voyages. Il raconte si bien, avec tellement d'humour. Autour de lui s'élèvent des cascades de rires, tous différents. Cristallins, gloussants, timides ou au contraire comme l'on dit si bien, à « gorge déployée ». Mais toujours communicatifs. Il est entouré d'admiratrices éperdues, tel un souverain désinvolte évoluant avec assurance au milieu de sa cour.

Pourtant, bien qu'elles m'horripilent, je comprends le succès d'Edgar auprès des femmes. C'est un homme si exceptionnel. Si rare. Je ne sais quelle partie du monde il n'a pas explorée. Aujourd'hui, à quatre-vingt-cinq ans, il continue. Toujours passionné. Je suis sûr que dans ses veines coule un sang nomade. C'est un homme sans racines, qui m'a tout appris. J'avais le goût de mon île, il m'a transmis celui du monde entier.

Peu à peu, en le connaissant mieux, j'ai réalisé une chose : il a un besoin vital de bouger. C'est plus fort que lui. Il faut qu'il découvre d'autres gens, de nouvelles façons de vivre, des paysages différents. Qu'il s'immerge quelques mois ou quelques années dans une culture, une langue. Il n'en a jamais assez. C'est sa respiration. Sa drogue.

Et puis un jour, quand il a assez vu, assez

ressenti, assez appris, qu'il est assez imprégné, il s'en va. Ailleurs. Il ne se fixe pas. Il ne s'attache pas. Je n'ai jamais vu une seule femme rester avec lui plus de quelques mois. Je suis d'autant plus fier de son indéfectible fidélité envers moi.

Depuis quelque temps cependant, Edgar a vieilli. Il vient d'acheter un appartement à Freeport, sa ville préférée des Bahamas, c'est dire ! Lui qui ne s'est jamais fixé nulle part. Ses épaules se sont voûtées, il marche moins vite, il s'appuie sur une canne maintenant. Je lis même parfois une grande fragilité dans son regard. Je dois vous avouer que lorsque je l'ai remarquée la première fois, ça m'a fichu un sacré coup. Depuis, je lutte contre une sensation de tristesse. Bien sûr, il fallait s'y attendre, le temps a fait son œuvre. Mais ça me fait mal de voir ce que mon ami est devenu.

Bien qu'étant beaucoup plus jeune, je sens que je n'en ai peut-être plus pour très longtemps. Évidemment, j'ai la peau un peu marquée, ma silhouette n'est plus la même qu'autrefois. Malgré tout, je reste robuste. Mais si Edgar meurt ... je crois bien que je le suivrai de peu. Je l'aime tant. Il paraît que dans les vieux couples, ça arrive parfois. Les mains enlacées ne peuvent se séparer, le premier tire l'autre dans la tombe...

Pour ma part, je ne regrette absolument rien. L'amour est une force extraordinaire, qui m'aura à la fois nourri et permis de me donner tout entier. Il m'aura rendu meilleur.

Confortablement installé sur le canapé dans l'appartement des Bahamas, je contemple les photos magnifiques qui tapissent les murs. La plupart, Edgar les a prises lui-même. Il y en a aussi quelques autres, où il est immortalisé dans des paysages à couper le souffle. J'y apparais de temps en temps. Il a toujours aimé qu'on nous photographie ensemble, lui et moi.

Le salon possède de grandes fenêtres vitrées orientées plein sud et la vue est sublime sur la baie. Habituellement, j'aime observer les jeux de lumière sur les eaux turquoise. Mais aujourd'hui, je ne les vois même pas. Je rumine amèrement. Mes réflexions me dépriment. Elles reflètent une réalité de plus en plus proche. Mon dieu, que vais-je faire de ma peau? Moi qui ne suis qu'un vieux chapeau australien sentimental, en cuir de kangourou.

MARYLÈNE

De jour en jour, Dominique se traîne. Certains affirment qu'il est important de préparer sa retraite en amont. Que cette période peut être très difficile à vivre. Mais elle n'y a jamais cru. *Ne plus aller me crever à travailler, avoir tout mon temps pour moi, voilà un luxe auquel je n'ai jamais goûté ou si peu, quel bonheur je vais éprouver ! Ne plus avoir à régler mon réveil, me lever quand je veux, m'offrir des grasses matinées tous les matins si ça me chante, n'est-ce pas cela la vie rêvée ?* se disait-elle. Maintenant elle y est. Depuis six mois. Et au lieu de chanter, elle déchante.

Dominique loue un joli appartement dans une résidence. Elle y vit avec son vieux chat Galipette. Au fil des années, elle a meublé et décoré son lieu de vie avec goût. Rien à dire, c'est mignon comme tout. Rien à apporter de plus à ce décor soigné. Son animal lui tient compagnie. Il sort peu, car à son âge, il ne chasse plus beaucoup les lézards et les papillons sur la petite terrasse. Elle l'adore. Il le lui rend bien. Mais cela n'est pas suffisant. Dominique sent bien qu'elle est en train de s'enfoncer dans la morosité.

Le matin encore, ça irait à peu près. Elle se lève tard comme elle l'avait prévu, joue un peu avec son chat, arrose ses plantes, fait un brin de ménage, descend faire quelques courses chez l'épicier du coin et prépare son repas. Mais après ? Elle n'aime pas regarder la télé l'après-midi, trouvant les programmes bien insipides, des séries américaines pour la plupart. Sans âme. Elle lit un peu, mais même les bouquins la lassent vite. Quelque chose lui manque, elle ne sait pas quoi. *Pas le travail tout de même !* se sermonne-t-elle. Elle sait bien qu'elle ne remettra pas les pieds à l'Université, où elle était secrétaire du Président. Elle a donné. Le maximum. Jusqu'à ses soixante-trois ans, pour obtenir tous ses trimestres et toucher une retraite à taux plein. Aussi, tout de suite après le pot de départ, elle a définitivement tourné la page.

Mais elle a beau faire, se secouer, tenter de voir plus souvent son amie Mireille, rien n'y fait. Elle doit se l'avouer : elle est à la retraite et elle déprime.

Sa nièce Lucie l'a appelée. Elle lui a annoncé que sa fille, sa petite Typhaine de neuf ans, vient d'être opérée de l'appendicite. Le séjour à l'hôpital durera quatre jours en tout. L'intervention s'est bien passée, mais Lucie est gérante d'une entreprise et ne peut s'absenter de son travail plus d'une journée.

– Je suis restée avec elle aujourd'hui, mais ensuite, je ne pourrai aller la voir que le soir. J'ai pensé que tu n'habitais pas loin et que maintenant que tu ne travailles plus... Peut-être pourras-tu lui rendre visite ? Le temps va lui sembler bien long, la pauvre...

Bien entendu, Dominique a accepté. Elle aime beaucoup Typhaine, une gamine rieuse et très vive, qui a perdu son papa beaucoup trop tôt. Un cancer. Cette fichue maladie qui fait des ravages dans tant de familles.

Le lendemain, après le déjeuner, la retraitée boit son café à la va vite et se rend à l'hôpital en voiture. Cinq minutes à peine, mais elle n'a pas envie de marcher. D'ailleurs, de quoi a-t-elle vraiment envie en ce moment ? Même cette visite à sa petite nièce lui pèse. C'est bien pour faire plaisir à Lucie et Typhaine qu'elle accepte de l'entreprendre !

Quand elle arrive dans la chambre, l'enfant dort paisiblement. Un petit visage pointu, encadré de longs cheveux bruns, à demi caché par un girafon en peluche qu'elle tient serré contre elle. L'autre bras posé sagement sur le drap blanc, le long du corps mince. Au poignet, plusieurs bracelets aux couleurs acidulées. Dominique s'assoit dans le fauteuil près du lit. Dans la chambre, un deuxième lit est occupé par une autre petite fille. Plus jeune celle-là. Quatre ou cinq ans tout au plus. Elle a les yeux ouverts, qui fixent le plafond. Une tignasse châtain, courte et ébouriffée. Elle est seule.

Dominique attrape un roman dans son sac. Elle l'a emprunté à la bibliothèque. Le dernier Lévy, il paraît qu'il est très bien, mais elle a du mal à entrer dedans. Comme dans tous les livres d'ailleurs, depuis quelque temps.

– Pourquoi elle est pas là ma maman ?

Une voix fluette la tire de sa lecture. Ce n'est pas Typhaine qui a parlé, mais l'autre enfant. Toujours immobile, dans la même position. Mais le ton ne trompe pas. C'est bien de l'angoisse qui perce à travers les mots.

– Eh bien, je suppose qu'elle travaille, comme la maman de Typhaine, qui dort à côté de toi .

Un bruit de drap qui se froisse, sous le poids d'un corps léger. La petite fille s'est retournée, dardant sur la sexagénaire des yeux d'un brun aussi foncé que deux grains de café.

– Oui elle aide des mamies. Elle fait le ménage dans leurs maisons. Elle dit que c'est dur, mais les mamies sont contentes. Des fois, elles lui donnent des bonbons pour moi. Tu sais je la vois pas souvent. C'est tata qui s'occupe de moi. Tu crois qu'elle pense à moi, ma maman ?

– Bien sûr qu'elle pense à toi, petite puce, une maman pense toujours à son enfant.

Dominique espère que ses paroles reflètent la réalité, mais que répondre d'autre à un tel petit bout de chou, visiblement en proie à une grande tristesse ? Elle met la main dans le sac de plastique qu'elle a amené, en tire un album de coloriages. Heureusement, elle en avait prévu deux pour sa nièce, avec une grande boîte de crayons de couleurs.

– Comment t'appelles-tu ? demande-t-elle à l'enfant.

– Marylène. Tu connais la chanson, Ma ma ma ma Marylène ? C'est pour ça que ma maman m'a appelée comme ça. Mon papa lui, il est parti quand j'étais un bébé.

– Eh bien Marylène, s'empresse de dire Dominique, qui ne souhaite pas vraiment entendre la suite, quel album préfères-tu ?

La petite fille tend le doigt vers les animaux à colorier.

Dominique est restée tout l'après-midi dans la chambre. Marylène lui a appris qu'elle était hospitalisée car elle avait failli s'étouffer en mangeant un trop gros morceau de gâteau.

– Gourmande, va ! lui a dit la retraitée et

elles ont ri toutes les deux.

Typhaine a dormi longtemps. Elle a été ravie de trouver Dominique en se réveillant. Elle l'a embrassée avec effusion et a battu des mains en recevant son album. Puis elle a demandé à l'autre enfant si celle-ci pouvait lui prêter les crayons de couleur.

— Ils sont pour vous deux, vous pourrez les partager, a dit Dominique.

Et un immense sourire s'est dessiné sur le visage de Marylène.

Vers dix-huit heures, Lucie est arrivée. Elle a paru soulagée en voyant sa tante au chevet de sa fille.

— Merci tatie, lui a-t-elle murmuré à l'oreille. Au moins, Typhaine n'aura pas été seule cet après-midi.

— Ne t'inquiète pas, je reviendrai demain, s'est entendue dire Dominique, spontanément. Tout le plaisir a été pour moi.

Et le soir, en s'endormant, elle a pensé : *j'ai amené un peu de bonheur à trois personnes aujourd'hui.*

Les deux autres après-midis, elle est allée rendre visite à son adorable petite-nièce et par la même occasion, à Marylène. Les deux fillettes l'attendaient à chaque fois avec impatience. Elle a offert à Typhaine *Les contes du Chat perché*, de Marcel Aymé, ne manquant pas d'apporter aussi un petit cadeau à l'autre enfant. Sur la demande de Typhaine, elle leur a lu quelques histoires. Dire qu'elle aimait tant ces contes dans son enfance et qu'ils plaisent toujours aux petits… Elle s'est réjouie intérieurement que certaines belles œuvres demeurent intemporelles. Puis toutes trois ont discuté, souri, ri un peu, pas trop car cela donnait mal au ventre à Typhaine à cause de son opération.

Le dernier soir, une dame d'âge mûr est entrée dans la chambre, avant le départ de Dominique.

– C'est elle qui est venue tous les jours, tu sais tata! a crié l'enfant.

La « tata » a serré la main de la retraitée.

– Je m'occupe de Marylène, a-t-elle expliqué, elle a été placée chez moi en famille d'accueil.

Dominique a levé les sourcils en point d'interrogation. Discrètement, la dame lui a fait signe de la suivre dans le couloir.

– Elle ne vous a pas dit ? Elle connaît le service par cœur. Elle est née avec une partie d'œsophage en moins et a dû être nourrie par sonde pendant plusieurs mois. Ensuite, on a pu lui implanter un œsophage artificiel.

Et bien que nous y faisions attention, elle doit revenir parfois ici, quand un trop gros morceau de nourriture se coince dans sa gorge. Le papa n'a pas supporté le handicap de sa fille et la maman n'est guère capable de s'en occuper correctement. Elle n'est autorisée à voir sa fille que de temps en temps. C'est pourquoi l'enfant a été placée. Quand elle vient à l'hôpital, je ne peux pas lui rendre visite car nous habitons loin et j'ai d'autres enfants sous ma garde, voyez-vous ?

Dominique a acquiescé, le cœur serré.

Cette expérience a beaucoup fait réfléchir la retraitée. Une petite fille de cet âge, seule à l'hôpital, comment est-ce possible ? Comment accepter une telle détresse sans rien faire ? Elle a aussi remarqué que dans les chambres, beaucoup de personnes restent sans autre compagnie que celle des infirmières et aides soignantes. Enfants et adultes confondus. Quelques heures, ça peut passer encore, mais des journées entières, quand on a mal, quand on a peur ?

Aussi a-t-elle pris une décision. Elle est retournée à l'hôpital et a demandé à parler au chef de service, une femme à l'air revêche. Le visage ingrat de celle-ci s'est éclairé quand Dominique lui a expliqué son idée.

– Visiteuse bénévole ? s'est-elle exclamée. Mais avec plaisir ! Nous en avons deux actuellement sur l'hôpital. Il vous faudra téléphoner à ce numéro.

Et elle a griffonné sur un papier les coordonnées de l'association VMEH : « Visite des Malades dans les Établissements Hospitaliers ».

L'histoire de Marylène est véridique, mis à part que l'enfant croisé dans cette situation appartenait au sexe masculin.

UN NOUVEAU MONDE

Nimbé de lumière étincelante, Arnaud salua. Les bras largement ouverts, le buste entièrement penché en avant, il recevait les applaudissements. Bien plus que ça même. Il les buvait, les absorbait. Son corps n'était plus qu'un énorme réceptacle. À cet instant, pour lui, rien d'autre ne comptait. C'était comme au cœur de la jouissance, rien ni personne n'aurait pu l'empêcher de savourer pleinement ce plaisir. Ces ondes chaleureuses venant du public. Un moment de pur ressenti. De pur abandon.

Cela ne dura que quelques secondes. Le chef d'orchestre désigna ses musiciens et les mélomanes applaudirent à nouveau. Les rappels furent au nombre de trois. Un de plus que d'habitude. Comme si le public avait senti quelque chose. Comme si inconsciemment, il savait. Sous le feu des projecteurs, Arnaud goûta encore une fois le délire des auditeurs, les yeux fermés. Le capta intensément, comme pour l'imprimer dans chacune de ses cellules.

Ces instants précieux devaient s'inscrire profondément en lui. Dans sa chair et dans son âme. Il avait pris sa décision en secret. Il ne remonterait plus sur scène. C'était son dernier concert.

Depuis son enfance, il avait rêvé de devenir un jour chef d'orchestre. Il empruntait les poupées de ses deux grandes sœurs, qui ajoutées à ses ours en peluche, constituaient une formation instrumentale à peu près convenable. Il plaçait les cordes devant, les bois juste derrière, puis les cuivres et les percussions, comme il avait pu le voir à l'unique concert où son père l'avait amené à l'âge de quatre ans et qui l'avait littéralement fasciné. Il regrettait que les jouets ne soient pas plus nombreux, car il n'y avait ni piano ni harpe et c'était vraiment dommage.

Ses parents s'étaient vite rendu compte de son engouement pour la direction d'orchestre. Compréhensifs, ils l'avaient inscrit à l'école de musique de leur village. Sans imaginer une seconde que leur fils en ferait un jour son métier. Ils considéraient simplement que la musique était un bel art et pouvait apporter à Arnaud une culture dont ils avaient eux-mêmes été privés. D'ailleurs, leur fille aînée jouait du piano et c'était l'une de leurs satisfactions personnelles. Dès le départ, le benjamin de la famille ne connut donc aucun frein à sa passion. Il dut rapidement opter pour un instrument et choisit le violon. Les notes aiguës, malhabiles, du débutant commencèrent alors à emplir la maison. Cependant il ne fallut pas longtemps à Arnaud pour en tirer de jolies tonalités et des rythmes entraînants. Il était particulièrement doué.

Au bout de quelques années, les professeurs de l'école de musique avouèrent aux parents du jeune musicien qu'ils n'avaient plus rien à lui apprendre. L'entrée au collège coïncida pour lui avec l'inscription au Conservatoire de Bordeaux. C'est là qu'à nouveau, il fut happé par l'orchestre. En plus de ses cours dans le prestigieux établissement, il tentait d'assister régulièrement aux répétitions de l'orchestre symphonique. À l'âge où tous ses copains dévoraient les BD, Arnaud se délectait des partitions, passant des heures à déchiffrer les portées parallèles correspondant à chaque instrument. En effet, le chef de l'orchestre symphonique avait fini par remarquer le jeune adolescent, qui tel une souris silencieuse, se glissait si souvent au fond de la salle. Il lui avait généreusement offert quelques partitions.

Toujours vêtu de son costume queue-de-pie, Arnaud s'épongea le front avant de monter dans la Mercedes, dont le chauffeur venait d'ouvrir la portière arrière. Malgré l'heure tardive, la chaleur étouffante de cette nuit d'été l'avait saisi à la sortie du Grand Théâtre. Il avait la chance d'avoir dirigé son ultime concert dans sa ville. Ce soir, il ne s'était pas senti le courage de rester au cocktail prévu avec les musiciens après leur magnifique prestation. Il avait prétexté une migraine. Sa carrière s'achevait sur les dernières notes de la Symphonie du Nouveau Monde de Dvorák. C'était mieux ainsi. Et peut-être prémonitoire car un nouveau monde allait bientôt s'ouvrir à lui.

Durant tout le trajet jusqu'à sa maison dans la campagne bordelaise, parmi les vignes produisant de grands crus, Arnaud repensa à sa vie. Son succès professionnel fulgurant. Il avait gravi sans mal les échelons de la gloire, tandis que sa passion se déployait, le portait sur des vagues puissantes. Irrésistibles. Très tôt, il avait fondé son propre ensemble orchestral, d'une qualité aujourd'hui reconnue dans le monde entier. Il avait énormément voyagé, s'était même installé en Asie durant plusieurs années. Partout, on l'ovationnait, on l'encensait comme l'un des plus grands génies contemporains de la musique. Sa famille, ses amis étaient très fiers de lui. Il avait réussi. Au-delà de ses espérances.

La Mercedes stoppa à un feu devant un

restaurant chinois. Le visage de son fils s'imposa brusquement à sa mémoire. Yong, qui signifie « brave » en Chinois. Yong, qu'il n'avait pas vu depuis cinq ou six ans au moins. Quel âge avait-il à l'époque ? Quatorze ou quinze ans, tout au plus. Un ado eurasien, secret, farouche, de taille supérieure à la moyenne, qui vivait encore aujourd'hui en Chine. Depuis, il refusait de voir son père, lui reprochant plus ou moins d'avoir abandonné sa mère au profit de ses tournées mondiales. *Il doit être un homme maintenant*, pensa Arnaud.

Il passa une main devant ses yeux fatigués, comme pour chasser le troublant souvenir. Mais les images le poursuivaient malgré lui. Ai, son ex-femme, dont le prénom très populaire en Asie, se traduit par le mot « amour ». Ai, aux traits si fins. Étrangement, il sentit sous ses doigts la texture soyeuse de ses cheveux lisses et brillants, d'un noir presque bleu. Il entendit nettement les perles de son rire frais. Il avait tant aimé cette femme autrefois. Tant aimé lui donner un enfant. Leur enfant. Leur fils. Mais son métier n'était guère compatible avec une vie de famille. Ai et lui s'étaient séparés d'un commun accord au bout de quelques années.

Arnaud monta lourdement les marches de l'escalier de pierre menant à la porte d'entrée.

Il se sentait épuisé. D'où lui venait cette intense fatigue ? Il n'était pourtant pas si vieux, à soixante-cinq ans. Ou était-ce cette décision qu'il avait prise, qui lui pesait autant ?

Depuis l'hiver dernier, sa famille et ses amis se moquaient gentiment de lui. Il avait tendance à oublier des tas de choses.

– Mon dieu, que tu es distrait, répétait Émeline, sa plus jeune sœur, en lui tapotant affectueusement l'épaule.

– Tu as toujours la tête dans ta musique, sors-en un peu. Hé, tu es avec nous, là ! renchérissait Laura, l'aînée.

Au début, il ne s'était pas trop inquiété. Puis, peu à peu, sa mémoire immédiate avait tellement flanché qu'il avait fini par consulter un médecin. Après une série d'examens, le verdict était tombé : début de maladie d'Alzheimer. C'était horrible. Lui qui avait encore ses deux parents en relative bonne santé. Il était inconcevable de leur infliger, ainsi qu'à tous ses proches, le spectacle de cette terrible maladie et petit à petit, la dégradation inexorable de ses facultés. Ce soir, il avait d'ailleurs eu un peu de mal à se remémorer deux ou trois passages secondaires de la symphonie. Peut-être certains musiciens s'en étaient-ils aperçus, mais heureusement cela n'avait en rien perturbé le déroulement du concert. Chacun connaissait sa partie par cœur.

Arnaud se dirigea vers la cuisine, ouvrit un placard, en sortit un verre. Puis, il attrapa sa boîte de somnifères. Elle était presque entière. Il avalerait tous les comprimés à la fois. Cela devrait suffire. Un nouveau monde l'attendait.

Soudain, des paroles chuchotées le sortirent du sommeil. De sa nuit noire. Nauséeuse. Lourde. Il ouvrit lentement les yeux, mais ses paupières pesaient tellement qu'il dut s'y reprendre à plusieurs fois. Il entrevit des visages flous penchés sur lui. Deux.

– On est là, ne t'inquiète pas. Repose-toi.

Une voix de femme venait doucement de s'adresser à lui. Mais dans sa torpeur, il ne parvint pas à mettre un seul prénom sur la personne. Certainement une de ses deux sœurs.

Arnaud s'éveilla à nouveau. Une clarté vive le saisit, dès que son regard se posa dans la pièce. Il se sentait bien mieux. Les nausées avaient disparu et sa vision était claire. Ce qu'il distingua en premier, fut un homme inconnu endormi dans le fauteuil tout contre le lit. Des cheveux noirs, lisses et satinés, un teint chaud, basané. L'un de ses bras nus venait vers lui. Arnaud s'aperçut avec stupéfaction que la main au bout de ce bras, tenait l'une des siennes.

– Comment te sens-tu ?

La voix douce lui fit tourner la tête. C'était celle qu'il avait entendue quand il était si mal, il en aurait juré.

Sa gorge se serra soudain et il ne put répondre, éprouvant même de la difficulté à avaler sa salive. Ai se déplaçait vers lui à petits pas silencieux, comme elle savait si bien le faire. Vêtue sobrement d'un tee-shirt et d'un jean, sa longue chevelure sombre retenue en chignon, elle était magnifique. Elle pencha son visage presque sans rides vers son ex-mari et déposa un baiser léger sur sa joue.

– Tu es hospitalisé depuis trois jours.

Sa voix se fit plus rauque.

– Tu nous as fait peur, tu sais !

Arnaud resta silencieux, mais il sourit. Il comptait donc encore un peu pour elle, après toutes ces années ?

– C'est ton voisin Jérôme qui t'a trouvé après le cocktail du concert. Il s'est arrêté chez toi en rentrant, il a dit que tu avais l'air bizarre ce soir-là.

Jérôme, son voisin mais aussi son ami et meilleur violon de l'orchestre.

Ai était manifestement soulagée de pouvoir s'exprimer. Si discrète habituellement, elle continuait à parler avec volubilité.

– Émeline m'a téléphoné. On est venus tout de suite dès qu'on a su.

Puis elle désigna du menton l'homme affalé dans le fauteuil.

– Yong, dit-elle simplement. Il n'est pas encore tout à fait remis du décalage horaire. Il a beaucoup changé tu sais. Il parle souvent de toi et collectionne tous les articles qui te concernent.

Arnaud écoutait avec intensité son ex-femme asiatique. Il perçut son cœur qui tapait fort dans sa poitrine. Yong, son fils, ce bel homme au front haut, à la fine moustache et aux pommettes saillantes ? Ai avait raison, il avait énormément changé! Il ne l'aurait peut-être pas reconnu s'il l'avait croisé dans la rue par hasard. Il contempla la main posée dans la sienne. Une main jeune, ferme. Forte. Et confiante. Il s'attendait à éprouver une forte culpabilité, devant son rôle de père qu'il avait si mal tenu. Mais au lieu de cela, un sentiment d'amour d'une telle puissance vint l'envahir, d'une telle profondeur insoupçonnée, qu'il comprit que jamais plus il n'attenterait à sa vie.

Qu'importe sa durée, qu'importe ce qu'il aurait à traverser, il ne gaspillerait plus une seule miette de son temps. Ce temps si précieux, ce répit qui lui était donné à vivre. D'ailleurs, avec les progrès de la médecine, peut-être disposerait-il d'un avenir plus long que ce qu'il pensait. Quoi qu'il en soit, son fils était là à nouveau et tant qu'il le pourrait, de près ou de loin, il resterait présent.

LETTRE OUVERTE AUX VIVANTS

Aujourd'hui, pour la dernière fois, je lui ai rendu visite. Je le connais depuis l'enfance, aussi mon cœur se déchire à l'idée de devoir le quitter. Mais je ne peux pas faire autrement. Ma famille et moi, nous sommes trop malades pour nous attarder encore ici. Nous devons tous partir.

Il m'a parlé longtemps, de sa voix spéciale, dans sa langue singulière que je déchiffre aisément. Je l'ai écouté attentivement, les cheveux voletant dans le vent acide. Il m'a demandé de transcrire ses propos et de les transmettre aux hommes encore vivants qui nous accompagneront dans ce long voyage. Ces paroles de mon vieil ami, ce sage d'entre les sages, nous aideront à guérir, je l'espère. Et peut-être un jour, pourrons-nous revenir.

J'ai aimé cette vieille planète plus que moi-même.

Dans votre démesure, je vous ai aimés, vous mes frères, avant même que vous ne décidiez de la déserter.

Je vous ai admirés, malgré votre folie, votre rage meurtrière, votre aveuglement d'êtres qui possèdent une vision si courte dans le temps. Car vous savez aussi vous émerveiller devant un tapis de violettes, le chant du rossignol ou les plumes bleues sur la bordure des ailes que le geai dévoile furtivement dans son vol.

Dans la lumière claire des petits matins et celle flamboyante des soirs sans nuages, j'ai respiré le même air que vous. D'année en année plus vicié, plus ténu, plus rare. Avec vos inventions toujours plus insensées, vous vous êtes peu à peu éloignés de la Nature. Jusqu'à ce point de non retour qui vous incite à fuir aujourd'hui. Vous ne savez plus capter les leçons de sagesse qu'elle nous prodigue gratuitement, simples et sensées. Vous vous êtes intoxiqués vous-mêmes.

Je vous ai vus adopter peu à peu le port du masque anti pollution, ce qui vous donne une allure bien étrange. On pourrait en rire s'il ne convenait davantage d'en pleurer. D'ailleurs, vos rires et vos chants se sont tus depuis bien longtemps. Comme vous, la maladie a fini par me rattraper, des plaques grisâtres ont commencé à recouvrir ma vieille peau. Alors j'ai bandé mes forces et j'ai lutté. De toute mon énergie, de tout mon savoir, de tout mon courage. Transmettant sans relâche à mes descendants les valeurs si belles, si fortes de mon peuple. Pour qu'à leur tour, ils puissent résister, à mes côtés. Que sommes-nous vous et moi, sans entraide ? C'est ainsi que nous vaincrons la maladie. En continuant à combattre tous ensemble, jour après jour, avec une détermination sans faille. Sans capituler. En restant soudés, telle une vraie famille. Sans omettre de prier, le regard tourné vers le ciel.

Mais vous, mes si chers frères, vous avez choisi une fois pour toutes de quitter la Terre qui vous a fait grandir, vous a nourris. Vous restez si tournés vers vos propres problèmes, vers votre univers étriqué qui n'inclut que vos proches, ceux qui comme vous possèdent un visage et un cerveau capables d'imaginer l'infini du monde mais ne sachant panser ses propres blessures.

Mes supplications et celles des miens n'ont servi à rien. Je crois que vous ne les avez même pas entendues. Car dans votre grand égarement, vous êtes devenus complètement sourds et aveugles. Vous avez oublié combien mon peuple vous a toujours été dévoué. Vous ne vous souvenez même plus de cet homme d'église que j'ai un jour protégé de mon corps, sans hésitation, parce qu'il se trouvait en danger. Pourtant, quand vous veniez à moi autrefois, vous me félicitiez souvent pour cet acte mémorable.

Mes petits et moi, nous vous observons depuis si longtemps. Aussi, lorsque vous avez commencé à changer, à aller vers votre soi-disant progrès en développant vos techniques modernes, nous avons suivi votre évolution avec un étonnement grandissant. Il a fait place à la stupéfaction. Car vous étiez toujours plus affairés, au fur et à mesure que votre teint fanait, devenait de plus en plus terne et pâle. Nous avons vite compris que vous faisiez fausse route. Vous vous tourniez vers des valeurs extérieures, invariablement, et non vers l'intérieur de votre être. Depuis peu, vous avez mis toute votre intelligence à construire de gigantesques vaisseaux spatiaux, qui vous permettront de partir d'ici au plus vite. Qui vous emporteront ailleurs reconstruire une vie meilleure.

Pourtant, elle est si unique, si merveilleuse, si extraordinaire, cette Nature qui vous a été offerte sans rien vous demander en échange. Si incroyablement savante. Bien plus que vous mes frères, avec tout le respect que je vous dois. Bien plus que tout ce que vous pourrez un jour imaginer.

Puisse ce message toucher vos cœurs, lorsque vous cheminerez à travers le vide intersidéral. Je vous souhaite de savoir mieux gérer votre nouveau patrimoine, sur cette planète que je ne connais pas et que vous avez élue dans l'immensité froide de l'Univers. J'espère que vous aurez enfin retenu les leçons du passé et saurez prendre soin de cette nouvelle terre d'accueil. Il vous faudra redevenir humbles, écouter l'espace, les galaxies, au lieu de vouloir les domestiquer à tout prix. Reprendre votre juste place d'êtres humains, si insignifiants dans l'infini du Cosmos. Revenir aux valeurs essentielles que vous avez bafouées. Accepter l'existence telle qu'elle est, avec respect, en ouvrant grand vos yeux et vos oreilles. Et réunir vos forces pour garder le cap, rester solidaires coûte que coûte. Ne pas vous isoler. Partager vos connaissances. Il n'y a pas d'autre façon de préserver durablement la vie. Cette vie que nous avons la chance inouïe de connaître.

De mon côté, mon peuple en a tiré depuis longtemps les enseignements et c'est pourquoi d'ici quelque temps, la Terre ne ressemblera plus du tout à la planète que vous venez de quitter. Tendant inlassablement nos bras vers le ciel, les miens et moi nous appliquons à recréer à force de patience et de persévérance, une gigantesque bulle d'oxygène qui nous sauvera tous. Nous aurions tant aimé la partager avec vous. Peut-être qu'un jour vous reviendrez et retrouverez vos origines. Je ne serai sans doute plus là, mais je souhaite que mes enfants entendent à nouveau résonner le rire des vôtres, au détour des sentiers que vous avez tracés.

Votre éternel ami, le chêne à Guillotin, arbre millénaire en forêt de Brocéliande.

Le vaisseau qui m'emporte, ainsi que cinq cents autres passagers, fuse dans la vaste transparence de l'espace intergalactique. Je transporte avec moi la précieuse lettre.

Je vais saisir le micro réservé au personnel de la navette spatiale. Il faut que je lise ces quelques mots retranscrits à tous ceux qui sont ici. Ceux de mon vénérable ami, qui a su accueillir au sein de son tronc creux, le prêtre réfractaire Guillotin pendant la Révolution française, le sauvant d'une mort certaine. Que je rappelle combien les paroles des arbres doivent être prises au sérieux. Eux qui peuvent engranger des connaissances pendant des centaines d'années, parfois même des milliers. Avec une patience infinie, que nous les hommes, ne posséderons jamais.

(*Le titre de cette nouvelle reprend une partie de celui du livre de René Barjavel :* Lettre ouverte aux vivants qui veulent le rester.)

MON AILLEURS

(Et pour terminer ce recueil, un petit récit autobiographique...)

Un endroit secret où s'évader.
Où se ressourcer.
Se retrouver.
Enfoui en vous ou pas.
Réel ou rêvé.
Votre ailleurs.
Où se trouve-t-il ?

Avant de vous quitter, profitant encore un peu du lien privilégié que ce livre a tissé entre nous, je vous dévoile le mien.

Imaginez une grande côte qui à vélo n'en finit plus. Tout en haut, une petite route s'envole dans la campagne. Osez la suivre un moment, l'esprit simplement ouvert.
Et tout d'un coup, dans la descente, vous allez la voir.
C'est une vieille maison de pierre, avec son

chai attenant au bord de la route. Le mur est recouvert de petites roses jaunes. Si vous la longez, vous arrivez à l'ancienne étable, avec sa pierre usée toute lisse sur le seuil.

En contrebas, un grand pré. Une mare lavoir. Une fontaine un peu plus loin.

C'est un endroit qui m'est cher. Là où est né mon père. Et son frère. Et ses sœurs.

Vous aimeriez un peu plus de précisions ? Savoir où il se trouve ?

D'accord, je vous donne un indice: regardez à partir de maintenant les majuscules au début de chaque ligne, vous obtiendrez trois mots…

Lilas mauve, fleurs porte bonheur que l'on cache avec ravissement contre son cœur, en faisant un vœu,

Orangé du ciel, le soir au-dessus des collines,

Touché coulé, mon cœur accroché aux vieilles pierres comme une vigne vierge.

Escargots aux douces couleurs nacrées, à collectionner dans la rosée du matin,

Têtards tout fous de la petite mare, qui fuient sous les doigts malhabiles.

Galantine et poule au pot accompagnée d'une sauce aux câpres,

Ambiance de vendanges, charrette arrêtée

sous le vieux figuier pour mieux saisir les fruits, fondant dans la bouche, tout chauds,

Racines ancrées, sans le savoir, pour une vie entière.

Or des jonquilles dans le bois,

Naissance fragile des petits veaux aux grands yeux étonnés,

Nuées de souvenirs,

Enfance lointaine et pourtant si présente.

Mon ailleurs, c'est là.

Remerciements :

Je remercie tous ceux qui croient en moi et m'accompagnent avec enthousiasme dans mon aventure littéraire.

Et plus spécialement :

MA FAMILLE : Laurent Desmoulin mon mari, qui m'apporte avec patience ses connaissances techniques et ses remarques judicieuses, Clément Desmoulin mon fils, Huguette et Jean Falbet mes parents, Philippe Falbet mon frère, Antony Desmoulin mon beau-fils, Valérie Lagier ma cousine, qui est aussi mon amie d'écriture et a entièrement relu mon recueil avant sa publication.

MES COPAINS D'ÉCRITURE, avec qui j'échange récits et conseils : Jacqueline Vivien, Sandira Quirin, Renée-Lise Jonin, Nina Saulnier, Jack-Laurent Amar, Michèle Obadia Blandin, Brigitte Jean, Philippe Veyrunes, Solange Schneider et Florence Bar.

MES AMIS, COPAINS ET LECTEURS : Marie-Laurence Colombini, Laurence Vignal, Évelyne Durbecq, Françoise Bordes, Ilde

Clément, Isabelle Caron, Sophie Barcelonne, Corinne Groscolas, Christine Lutard, Martine Remaut, Josiane Lalanne, Bernadette Cipière, Paulette Toulze, Jean-Baptiste et Maryse De Rossi, Évelyne Lafon, Aurélia Joy Ferreira, Christiane Saerens, Sabine Lakhloufi-Mathieu, Roseline Carrié, Dany Errera et Estelle Cazaurang.

Un grand merci également à Sophie Neupert, Elyse Lepage, Fabienne Brethonnet, Donna Harvey et Éric Pignol, pour leur gentillesse et leur aide si précieuse.

Contact :

Mon ancien blog est désormais remplacé par mon site internet :

monaventurelitteraire.fr

Vous pouvez y déposer votre ressenti. N'hésitez surtout pas à le faire! Car qu'est-ce qu'un auteur sans le retour de ses lecteurs ? Je serai très heureuse de vous y retrouver.
Un grand Merci d'avance !

TABLE

L'amour d'un fils.................................9

Infidèle..................................23

Belle et rebelle................................31

La musique bleue................................39

Une semaine sans Allan................................49

L'appel..................................59

Moi Thomas,7 ans et demi........................69

Famille de cœur................................77

La mère de Coralie................................91

Le bon moment pour écrire........................99

L'ami d'Edgar................................107

Marylène..115

Un nouveau monde...125

Lettre ouverte aux vivants............................135

Mon ailleurs..141

Remerciements et contact............................. 145